武士会

（己亥年修订版）

徐皓峰 著

光明日报
出版社

果麦文化　　出品

清光绪三十年，即一九〇四年，梁启超著书《中国之武士道》；民国元年，即一九一二年，李存义在天津创立"中华武士会"。

重写记　文学本与工作台本

《武士会》出版已有七年，再看，觉得自己还是个学电影的。

一九九七年大学毕业，苦练三年，二〇〇〇年第一次发表小说，是个中篇，口碑是"画面感强，不愧是学电影出身"。画面感强，作为我的出道优点，二十年延续下来。

近来惊觉非好事，写了那么多非文学的字。

二〇一二年，当上导演，拍《倭寇的踪迹》，一场戏分出了三百多个镜头，全组不知该怎么办。唯得到一位老年演员的高度赞扬，他是科班出身，毕业即出国打工，远离专业三十年，刚回国重当演员，我的镜头分法，是他年轻时熟悉的东西，告诉其他人，他回来对了。

限于成本，这场戏十几个镜头拍完。

电影剧本，分文学本和导演工作台本。文学本是粗略的小说写法，为了让外行看懂。以致我们有"电影文学"这一古怪词汇，剧本只有拍成电影才算完成，本身不是完整形式，因为多方需要，成了文学种类。

导演不按文学本写法来想事，既然不是专业，我大学时就没好好学。导演工作台本是视觉思维，细节、形象、语言都不是小说逻辑，以日常的阅读习惯，读起来会困难。

《武士会》是我的长篇企图，兴奋写完，觉得渐入佳境，越往后越好。像那位老演员一样，回到了年轻时熟悉的领域，写成了台本。

老天厚待，仗着题材占优，得以出版。感恩刘稚编辑当年宽宏，助我在文学之路上又前进一步，跑出一段后，能有余地审视来路。此番重写，又是交付刘稚来编辑，像终于解开了一道题。

重写，怀着对旧稿的愧与爱，当年懵懂，现在有能力可以仔细待你。

二〇二〇年五月二十日

自序 一生三事

清末民初，李存义是形意拳一代宗师，做了三件事：合了山西、河北形意门；将形意拳和八卦掌合成一派；创立"中华武士会"，合并北方武林。

其中"合了形意、八卦"一事，在河北形意门留下烙印，功课上要兼修八卦，教法上借着八卦解说形意，技法上融合八卦边侧攻防之法，礼仪上与八卦门人互称师兄弟。

形意、八卦、太极是三大内家拳，为何形意和八卦能合？不在学理，在友谊。

李存义和程廷华是好朋友，程是八卦掌一代宗师。八国联军进北京，他俩五十多了，做了一样的事：扛刀在房上走，见到落单洋兵，就跳下来砍。程廷华是一人单干，李存义安排徒弟尚云祥在身后护驾，这是八卦门率性而为、形意门组织严密的门风使然。

两个老哥们杀洋兵出了名，结局一死一活：程廷华中埋伏被乱枪打死，成民间英烈；李存义受通缉而逃亡——清廷议和，联军要他的人头。

不愿好友艺绝，在自己这门中给程廷华留一脉，是李存义的友谊。

形意拳上溯岳飞，本是军营兵技。几代宗师都是逃亡身，行事隐秘，禁忌多规矩大，授徒是长期考验式的，故意人情寡淡，甚至翻脸无情。门风严峻。

八卦门风流，因为是老北京文明滋养出的拳派。在程廷华身上最为典型，他是个好事爱友的达人。城市往往比乡间狡诈，老北京民风却意外淳朴。聪慧、多情的淳朴，自己有了好东西，忍不住要与他人分享。

京派是东方的都市文明，不唯利是图，竟然淡泊名利。日本超级系列电影《寅次郎的故事》描述的便是京派遗韵，寅次郎常哼唱"男儿岂能把唯一的志向忘"，不能实现也不着急，反正他心怀大志了，所以能蔑视金钱，保持住人之常情。

他家里有一串门就串一天的邻居，见到漂亮姑娘，第一反应是叫好友一块看，见到流浪汉，会忍不住带回家……我们这代人少年时，过的便是这样的日子，爱待在别人家里，有好东西都给朋友，常从街头领陌生人回家，父母也能容，不问就做饭了。

有时候一做就做半年，因为陌生人养成了习惯，天天来。半年后，父母发话："你还不会交朋友。别让他来了。"跟这个占便宜没够的孩子，洒泪而别。

《寅次郎的故事》拍了近五十集，直到男主逝世。日本人追看近三十年，说明东方人怀念东方原有的都市文明。这种文明，随着经济猛进，越来越见不到了。

形意与八卦合，不单是武技，八卦门风也合了过来——或许，这是李存义合两门的用心。

在我想象中，李存义第一次见到程廷华的情景，应是《寅次郎的故事》里的一场戏吧？西部枪手式的李存义入京后，被寅次郎式的程廷华感动了。

二〇一二年十月七日

目录

1 铁人铁眼铁鼻腮

一九○○年夏，京城空气里弥漫着怪诞的甜味，一对姐妹在家中实施自杀。她俩穿紫红外袍，前额勒绿包头，云髻抹香油、乌润可人——在小户人家，是讲究的服饰。

房梁悬麻绳，家中没有韧度能吊住尸身的上等绸缎。当她俩要蹬掉脚下凳子时，一人跳窗而入，语音疲惫："晚死一个时辰吧！我五天没合过眼，守着我，有毛子闯进，你俩就大叫。"言罢仆地，响起鼾声。

毛子，是洋人。

来人身下压柄长刀，量布尺子般窄，只在刀头一寸有锐光。小腿裹黄布，以红条绑扎——义和团标志，两个月前，京城街面都是黄裹红扎。

姐妹呆立在凳子上，颈上绳套不知该不该取下。窗中跳入第二人，他矮小单薄，如未发育的十三岁少年，却有着三十岁人的厚实头颅、成熟的鼻梁眉弓。

他也黄裹红扎，手托马场切草料的铡刀刀片。铡刀分刀片和木槽两部分，卸下的刀片重九斤四两，顶端与木槽连接的孔洞犹如鱼眼。

因是铡草之用，刀身硕大，刀柄很短。握这样的柄，无法抡劈，拎着也困难，只好一手握柄，一手托刀背，如抱着条成精的鲇鱼。

传说鲇鱼可以无限生长，一丈长的鲇鱼会上岸吃人。他对脖套绳索的姐妹视而不见，向趴地睡觉的人道声"师父"。

睡觉者侧身，颧骨利如刀削。他已是老人，一身土尘血污，胡须却洁净如银。

胡须白，是体衰，白而亮，则是内功显现。江湖常识中，这样的白胡老人体能旺于青年，遇上要回避。

"师父，街上传言，程大爷中枪死了。"

"老程是高功夫，在胡同里偷袭毛子，占着地利，枪子打不上他！"

"说是砍了三个毛子，往房上蹿时，辫子挂住了檐，一帮毛子赶来开的枪。"

"老程是精明人，抡刀上阵，还能不收拾好辫子？俗人瞎编的，别理这个！老程死不了！"

老人接着睡了。第二个来人转向姐妹："师父睡觉，有我护着。你俩要上吊就上吊吧。"

八国联军攻入北京已一月，入城时特许士兵抢劫三日，超期至今。东西方，兵乱都强奸。这条胡同偏僻，洋兵未及寻到，但胡同里有几户已全家自杀。丈夫陪妻子死，父亲陪女儿死。

姐妹对视，姐姐开口："早死早干净，别让毛子污了身子。"妹妹用力点头，整好绳套，眼中一湿，问第二个来人："刚才你讲的是城南教八卦掌的程大爷么？"

他应声是，妹妹："早听说他的大名，扛着刀在房上走，见了落单的毛子就跳下砍。"

姐姐："有程大爷给咱俩报仇，安心吧！"

妹妹露出笑容，姐妹俩站直，麻绳勒在颈上。第二个来人道："我也杀毛子，跟程大爷一个法子。我多活一天，毛子就多死三五个……我没法分身护你俩。"

姐姐："知道。城里上吊的女子多了，谁也护不了。"闭眼，便要踹凳子。

卧在窗下的老人咳一声："东来，你也五天没合眼。两位姑娘，晚些死，让他也睡会儿吧。"

点了三炷香，破空气中的甜味，甜得恶心，入夜后更难闻，街上传来腐尸味。姐妹俩坐在凳子上，守着沉睡的师徒俩。他俩趴着睡，常年骑马的人才如此，骑马累后腰，躺着疼。

窗口无声蹿入第三个人。来人拎一柄蛇鳞鞘宝剑，穿教士黑袍，头顶盘辫子，脸色惨白，缩着双肩，在炎热九月似还嫌冷。

趴着睡的师徒同时坐起，姐妹俩才想到，她俩忘了大叫。

教士："李尊吾、夏东来——你们师徒俩把洋人杀慌了，怎么收场？是像程华安一样战死了事，还是赶紧出城，多活几年？"

李尊吾："老程真死了？他是有名的机警，在咱们这辈人里功夫是拔尖的……洋人杀不了他，杀他的是你！"

教士："他把洋人杀慌了，瓦德西统领指名要除他。"老友叙旧般，在李尊吾跟前蹲下。

他在屋顶上盯了程华安两日，心知程的机警，不敢跟近，一直在百米外。程华安那天杀了三个落单的洋兵，没能蹿上房，不是辫子挂住房檐，而是身在半空时，被伏在房檐上的他刺了一剑。

形意门剑法，只是一下。教士："等大批毛子开枪，老程早死了，没遭罪。"他的腕关节凸如桃核，剑法如书法，巧妙在用腕。

李尊吾垂首："师父传的剑法太霸道，我一直不敢用剑，出师后只是用刀。"教士惨白的脸上浮出笑褶："师哥，您是北方出名的刀法大家，内行却知道，你不懂刀，你的刀用的是剑法。"

李尊吾："形意门传枪不传棍、传剑不传刀，放弃横抡，只取纵进。师父没刀法，我是不懂刀。"惊觉徒弟夏东来射来的目光。

握铡刀的手背上，血管如蚯蚓般扭了下。

教士干笑："师父没跟你讲过这些？别怨师父糊弄你，形意门传艺自古吝啬。跟师父不跟到老，得不着真的。"

李尊吾叹气，招呼夏东来向教士磕头："这是你师叔沈方壶。"

夏东来："他杀了程大爷！"

李尊吾："先论辈分，再讲恩仇。"

夏东来作揖、深躬、单跪、双跪，层层加礼，磕了三个头后伏地不动。沈方壶扶他，手到肩膀却不扶起，只是搭着："你知礼，起来吧。"

夏东来站起，借肩膀上的手，作态是被扶起来的："多谢师叔。"沈方壶收手，哼声："歇着吧。"

李尊吾仍坐地上，沈方壶再次蹲下："你也是瓦德西统领指名要的人……你出城就行了。"指向夏东来，"他的命留下。"

李尊吾笑了，哥哥对弟弟宽和的笑："我这个徒弟虽未得我真传，也有十年苦功，你有把握对付我俩联手？"转脸阴沉，"犯不上联手。我的功夫本就大过你。"

沈方壶以蹲姿后撤三米。李尊吾蹦起，蚂蚱般富于弹力。

刀身污锈，刀尖银亮。

宝剑上端有暗紫色，是干了的血迹，程华安的血。程是有三十年盛名的一代高手，杀程的荣耀，令他不会再擦这柄剑。

李尊吾向剑上血痕鞠躬，随即脊椎挺直，恢复对敌之姿。

沈方壶肩部无规律颤抖，剑却一条斜线，纹丝不动。李尊吾："东来，向你师叔学东西吧。敌人征兆看两肩，出左手，右肩必动。出右手，左肩必动。出腿，肩必后耸。他自震两肩，是为掩蔽征兆。"

夏东来"嗯"了声。

李尊吾："四十岁前，我以刀用剑，的确不懂刀法。四十岁后，我的刀有了刀法。老程给的，开阔了我。无缘报恩，他的仇，我要报。"

沈方壶眼神空洞。李尊吾："东来，我没传你形意剑，也没糊弄你。你会的，是程大爷的八卦刀。"

夏东来向沈方壶剑上的血痕长鞠一躬，退向门口。姐姐拉妹妹退至西墙。

李尊吾前挪一寸，沈方壶后撤一寸，两肩颤动加剧，黑袍下摆噼啪作响。两人保持距离，缓缓移向东墙。东墙有梳妆台，红漆老化成棕黑色，镜面污浊，如熬夜人的眼。

一念三千。佛教天台宗理论，佛的一念之间，映现三千大千世界，人的一念也如此，只是人不自知。

寸进中，李尊吾一念映现他与程华安的初见。程华安在京城开剪刀铺，每日早起踢毽子。毽子以两片铜钱为陀，绑三根鸡毛，连踢使之不落。

京城人在冬季踢毽子，活两腿气血，有"杨柳死，踢毽子"的民谚。十五年前，李尊吾和沈方壶寻到京城，赶上雪天，在剪刀铺门口，见到踢毽子的程华安。

毽子在明清两代发展出一百多种花样，程华安只是最简单的内拐踢，一足连踢十下，换另一足踢十下。动脚，身形不动。每下毽子飞起的位置，亦固定。

沈方壶对李尊吾说："眼晕。"打消比武之念。

沈方壶原想拿程华安成名。武人总要拿另一个武人成名，如小鱼吃小虾、大鱼吃小鱼。李尊吾成名，是毁了位成名二十年的人物，那人用旧棉被裹着，抬回家躺了两个月离世。被面绣深蓝色桃花，针脚细密，日后想起，不寒而栗。

习武人归宿便是一条旧棉被啊，人生的味道，是老棉花的霉味。沈方壶三十八岁还未成名，无名的人总是不计险恶。那年程华安三十七岁，二十二岁便已成名。

程华安与沈方壶同一个脸形，狭眼高鼻、下巴方硬。同一个模子，程华安甚至可用"漂亮"来形容，有着领袖人物天生的亲和力，而沈方壶有着蛇的阴湿，交往越久，越感厌恶。

李尊吾自小便认识这个人，两人同村，父辈是端着饭碗串门的好友。他注定摆脱不了这个人，两人十二岁一块去邻村学燕青拳，那是个乡野拳师，平时打铁维生，水平有限。

如果没有沈方壶，铁匠可能就是李尊吾这辈子唯一的师父了。李尊吾听说更远的村子有个打碑的石匠教罗汉拳，便去学了。学到第七天，沈方壶怨气十足地来到石料场，认定李尊吾学了更好的。

罗汉拳并不比燕青拳好，只是厌恶他。

李尊吾还转投过弹腿、春秋大刀、梅花拳的师父，每次沈方壶都很快跟过来，一脸被好友辜负的怒容。对于他，李尊吾除了厌恶，便是愧疚。

他只想摆脱这个人，但乡野拳师只要来人就收……得找个名师，名师择徒严。听闻在山西河北交界处，有位退隐的武状元，自珍绝技，从不收徒。

状元爱吃韭菜馅饼，他打扮成小贩，在状元家门口卖起馅饼，成为熟人后，表明求艺决心，终得状元开恩，破例收下。

此举耗去一年时光，为在异地生活，家中卖了半亩地。成为状元开山弟子的消息传回家乡，沈方壶很快跟来。

师父一见沈方壶，便收下了。李尊吾悲哀地认为他资质高过自己，天才总有许多便利。两年后，师父跟李尊吾交底："我是让他做你的拳靶子。"

师父看中两人是同乡，为给李尊吾寻个便利。唉，师父是好心。但沈方壶不断伤情、困惑日重的脸，令他不忍。

师父遵循"传艺不过六耳"的古训，即便徒弟都住在家里，也是分别单授。沈方壶所得明显少于他，虽然拜师礼上发了"师兄弟只可较技，不可互授"的誓言，但踢断沈方壶胫骨后，他未能忍住。

断骨接续要三月，武人视卧床养骨为当然事。三个月里，李尊吾伺候沈方壶便溺，师父所授都说给了他。

伤好后的沈方壶依然被李尊吾击败，师父见了，却阴下脸。敬师如父母，住在师父家的徒弟名为"入室弟子"，早起需问安。五天问安，李尊吾都没得到应声，对沈方壶的问安，师父回得客气。

第六日，李尊吾比沈方壶早起半个时辰跪在师父屋外，见开了透气小窗，忙喊："师父起来了？事事安好？"

"蠢物，进来吧。"

虽然几天前的较技，沈方壶摔得爬不起身，但师父还是看出他身上有了口诀。对他的问安，回得客气，是师父起了防范心。

"我见你就喜欢，祖师的艺要托付给你，没想到你是这么个人——忍不住把东西分给大家。尊吾，要知道，悲心太重是大忌。"

与人分享，并非美德。没有择徒智慧的人，不堪为师。师父所传的拳技本是古战场的马上长枪术，有闯营杀帅之能，历代只传上将，不传兵卒。南宋岳飞建军抗金，将长枪术下传，以空手虚操训练兵卒，脱枪为拳。

这种枪拳一体的武技在南宋之后的军营、民间均未传下来，直至清朝雍正初年，一位躲入终南山的逃犯在山神庙发现岳飞遗书，有十三大册，纸张溃烂，只有序篇勉强能看，还烂掉了结尾两段。

逃犯本习武，凭此残版序篇，竟恢复了岳家军拳枪之技，取"形神俱妙"之义，定名为形意拳。逃犯未留下名字，传到师父为第五代，拜祖师便是拜岳飞。

师父曾为朝廷到草原买马，向李尊吾回忆："一个马贩子走过来，明知道他打不过我，但还是对他的气势感到头痛。当马贩子都那么凶，当军人该有多凶？金兵常年征战，该有多凶？岳飞能抗住他们，该有多凶！"

考武状元需通文墨，要考"武经七书"，自战国时代起的七本兵书，清康熙年间定的科目。师父平时说话用词讲究，谈草原之行，却连用四个"凶"字，心中感慨，只有最粗浅的词才能表达。

南宋武技在八百年后复现，秘传五代后，第六代传人却是不能守秘的天性，难道会有蛮夷乱华的危局，应报国的机缘——拳将广传？

过了十日，师父命李尊吾入世成名，自己携沈方壶入终南山隐居。诀别时，沈方壶难掩得意之色，一度认为李尊吾失宠，他将在终南山尽得真传。

李尊吾知道，师父将在终南山扣他十年，以免他跟自己争名。

十年后，沈方壶投奔李尊吾时，气色红润、神情沮丧。终南山空气好，他没有学到什么。李尊吾已是北方刀法大家，在贯市有一家三重院子、两套马队的镖局。

贯市是河北大镇，距京七十里。对师父近况，沈方壶咬唇不提，只说："我要成名。"李尊吾动了不忍之心。

京城武行，程华安名气最大。很少听到他的战绩，多是他的为人仗义。高手必特立独行，不是倨傲便有怪癖，不会人缘好。

毁他，应无难度。

李尊吾带沈方壶冒雪入京，见到踢毽子的程华安，便打消了比武之念。程华安单调的动作，显示出巧到极处的控制力，用于比武，抬脚即伤残。

李尊吾死人般瞳孔扩张，沈方壶低语："师哥，走吧。"李尊吾收回目光，瞥向他。

沈方壶的脸，令他想起师父家中的狗。北方山区多猛兽，豹子吃人，狼避人，此狼种眼圈长白毛。对不报恩的人，京城里称为"白眼狼"，取自此狼种见人就躲的典故。

师父当年不知是什么兴致，闯狼窝掏来的。它比猫还驯服，步态软弱，似乎腿骨随时会折断，甚至眼睛都不敢睁大。问师父如何调教的，师父回答，每天抽它两记耳光。

沈方壶缩着眼睛，正是它的神情。终南山中的十年，师父折损了他所有的自信。

他不愿提师父一个字，听毽子破空声，李尊吾不可抑制地想问狼种下落："记得入山时，你们带着那匹狼。是放生了，还是……"

沈方壶红润脸颊现出块铅色："师父养大的东西，会放手？师父玩性大，先是逼它像鸟一样吃蚂蚱，后是逼它吃草。"

李尊吾忽然很想为沈方壶做点什么。做什么好呢？走到程华安跟前。

程华安收了毽子，挂着自嘲的笑。踢毽子便可退敌的想法，天真了。武人不是生意人，是赌徒。赌徒从不会量力而行。

程华安的笑，带着老棉花的霉味。只要动手，自己和他便会有一人毁在当场，裹在棉被里抬回家，老老实实待死，或许几月，或许几天……

李尊吾背上似张开双眼，可看到沈方壶震惊的脸，只想给他一点自信，告知他学到的拳不冤他。

抱拳行礼。李尊吾左手抱右手，右手成拳。武行规矩，右手握拳是对敌。

程华安抱拳回礼，亦是左手抱右手，之后掏出腰里大串钥匙，扔地上。高手相搏，不容杂物，身上有一点累赘都会影响成败。

李尊吾退一步，搓手、跺脚。程华安早起踢毽子，气血已活动开，自己是赶夜路而来。指尖脚尖，形意拳称为"梢节"，树是否为良材，可从树梢看出。梢节迟钝，人难灵敏。

程华安待李尊吾活动完，道声："请。"

两人一凑近便闪开，各退三步，整理衣袖，再次抱拳行礼。

程华安："好俊的手段。"

李尊吾："有硬货。"

二人均为右手抱左手，右手成掌，不再为敌的暗语。

京城名菜以虐杀得鲜味，宫中剖兔胎熬羹，民间活割驴羊。程华安请李尊吾、沈方壶吃鹅，入口清爽。保鲜秘诀是控制血，经一流厨师，方知血味淡雅清香，胜过水果。

做法是将鹅关入铁笼，笼内放盆辣椒汤，笼下烧火。鹅为解渴，违反天性喝辣椒汤，水火交攻之下，羽毛尽脱，未死而肉熟。

讲解时，程华安带着京城人特有的优越感。李尊吾暗中发誓，不会再吃这道菜，但过去十五年，对其入口之鲜仍有留恋……十五年后，京城满是胜于水果的血味，遭虐杀的不是鹅鸭。

没见过程华安这样爱朋友的武人，武人为保不败，要自珍其秘，师父考察徒弟需三年，考察朋友更为漫长，武人往往一世无友。程华安不知是天性豁达，还是有着一眼将人看透的天赋，利索地将李尊吾认作朋友。

好吧，看透我。世上有种聪明叫"识人之智"，承认你是这样的人。

面对程华安的友谊，李尊吾直率提出想知道八卦掌理法。成名十年，仅今早一战，令他首次对师父之外的武技有了好奇。

程华安招呼店家上梨。京城讲究不按时令吃水果，冬天吃鸭梨，惧梨的寒性，烤温才吃。咬了口热乎乎的梨，很不适应。

程华安："理法是大道理，大道理没用。朋友，为何不求口诀呢？想不想见见我师父？"

从剪刀店走到鹅宴馆的一路、落座后的闲聊，程华安只跟李尊吾说话，几乎没看过沈方壶，实在有违"达人"的声名。达人在场面上，要照顾所有人。

沈方壶萎坐桌角，用人畏主一般，怕引起程华安注意。唉，在山中受挫十年，下山首战，又被一个毽子夺去锐气……李尊吾脱口而出："我和师弟一块去。"

程华安盯住沈方壶，似乎刚看到他，嘴角泛起顽童的笑："这位朋友，倒是和我长得像啊！"

程华安的师父是位王府中的老太监。太监自称"寺人"，京郊一千多座小寺是太监出资建的，作为养老地。

自幼受残，太监往往单薄矮小。程华安的师父体格雄阔，近两米高，长有旺盛胡须，直垂胸口。在王府供职时，为免人见怪，洋人一样每日刮胡子。退职后住在东直门外木材场旁的小庙里，没了顾忌，任其生长。

他在王府被称为"海公公"，有一条极粗的大辫子，发质弯曲打卷，海波一般，无法像常人般梳得直顺有型。是个有异族血统的人，但与程华安瞬间交手，李尊吾明确知道，与形意拳一样，八卦掌为中华正脉，不可能创自异族。

海公公左眼瞳孔汉人般乌黑，右眼瞳孔是深蓝色。入世争名前，师父给李尊吾连讲半月江湖隐情，其中说到宋明两朝祈祷国土安定的皇家法会由江西道士承办，法会上要用异族，表示外人归顺中华，八方边疆无忧。

宋朝法会，用四十八位红棕发色的西域人，后裔留在江西道观。其性格温和，骨质刚强，年老而气血不衰，有忠于职守的天性。江西高层道士爱其忠心，闭关修炼，往往选他们守在洞外当护法。

他们被称为守洞人，历代隐于道观，一旦下山，必是行使特殊使命。九百年繁衍，体貌已形同汉人，只是五十岁后略显异相，瞳孔由黑变蓝。

李尊吾判断海公公是一位守洞人，怎么会入王府供职？他到底有无净身？

程华安说这个师父来得蹊跷。他自小玩跤，本不练拳，一日剪刀店来个老头，说在跤场见过他摔人，要是请吃一顿饭，就教他点东西，出于好奇，请了学了，当日看不出是位太监。

海公公冲程华安道："跟你说句话。先请二位出门。"李尊吾和沈方壶在门口等了片刻，程华安掀门帘出来，向沈方壶拱手："抱歉，师父说他只收一人。"

这话令李尊吾猛然轻松，终于改运，不用"每逢拜师，必和沈方壶做师兄弟"了。海公公不愧是守洞人，有识人之智……但看着沈方壶的落寞背影，李尊吾还是忍不住追上，讲出一句令自己心惊的话："在京城多留一日，我把形意门剑法传给你，这是师父压箱底的东西。"

传出的剑法，十五年后刺死程华安。

李尊吾和沈方壶缓缓对移，脚下寸进，身形不动。形意拳含蓄，鹰欲飞先缩翅，虎欲扑先缩爪。如果没有衣服的遮蔽，可见到两人的肩窝、胯窝有着深于常人的凹陷。

看着李尊吾，沈方壶有份暗赞，其身形体现"静如山岳、密如深林"的形意口诀，但他知道赢的会是自己。因为李尊吾只有武功，而他有上帝。

除了父母亲族，李尊吾应该是此生认识的第一个人，自小便跟着他掏鸟窝、拾马粪，其习武的毅力和天赋超过自己，所以觉得跟上他没错。

长期的依赖心理，在他传剑法的那一日终止。学到师父秘技，却格外失落，为何不是师父教的，而是他？学完，只觉厌恶，道声"谢了"，就此辞别。

打算走出京城，走回家乡。家里有五亩田产，肥沃好土，抓一把，手心会暖暖痒痒。村东老谢家的女孩水灵，离村多年，该长成了吧？如果这就回村，说不定能赶上娶她……

沈方壶加快脚步，但一件黑袍挡住了他。是位在街头拉信徒的华人教士，头上盘着辫子，亲人般和善："但愿你得到赞美！"

武人过的是遭训斥的人生，十余年了，没被夸过一句。教士的话没让他流泪，但内心全部垮掉。

加入教会后，才明白听错了，是"但愿主得到赞美"。沈方壶将这次听错，视为神迹，从此他可以全无顾忌地爱一个女人。

是圣母马利亚，在被称为"南堂"的宣武门教堂，第一次见到她的石雕，当时下着绵绵小雨，她被淋得脸颊尽湿，看得他周身作痛。

他留在南堂，做了杂工。十二岁起习武，练拳的疲劳抵消一切，在最该冲动的年月，竟没想过女人。生起弃拳之心后，对女人的感知淡淡地回来。

教堂里会见到娇小的印度女人和修长的欧洲女子，有热度的真实身体能引起他的注意，但觉得作为女性，她们远远不够。折服他的，是那尊马利亚石雕，她是白种女子的极致。

会众没有读《圣经》的权利，只能听教士讲道。暗红的硬纸书皮如伤口初凝的痂，习武后，他身上有许多这样的痂，痂由红变棕再变黑，硬得像甲虫的壳——此时，抑制不住地会用指甲将痂的边沿抠开，新长皮肤的洁白，每每让他看呆。

《圣经》写的都是马利亚吧？教士很少讲她的事，对这种离题万里的讲道，沈方壶忍无可忍，决定做一个教士，自己去看。

他坚信《圣经》是她在世每一天的记录，上面有她所有的细节。他向总领教士表白志向。看着总领教士感动的泪水，暗叹：对掏心掏肺的话，师父最多冷笑一声。

只上过两年私塾，记得四百个汉字，却以惊人速度学会了法文——岁月没有白费，拳给了他好身体，还给了副好脑筋。

偶尔蹦出个情绪，是对师父的感恩。

他成了南堂教化的骄傲，三年后派去菲律宾。想在北京做教士，不去欧洲，便要去菲律宾进修。

菲律宾是亚洲教会基地，到了马尼拉，才知教堂可金碧辉煌。京城民居为灰色，教堂随俗为灰，只有皇宫能用红黄。但不知为什么，马尼拉所有的马利亚雕像都没有京城南堂的那尊好。

他会说了意大利语和西班牙语，有了独自翻阅《圣经》的资格，里面写马利亚的很少。对南堂马利亚石雕的思念，令他很想返京。但他迅速摆脱这一肤浅情感，留了下来，因为他竟然是一个神学天才。

习武磨炼的领悟力，令他进入教义深层，愈究愈深。他成了高才生，回想学拳岁月，暗笑师父缺一双识人的慧眼。

马尼拉进修规定为四年，回国后再在京城某位总领教士指导下做两年教务，方有讲道的资格。四年过去，他向导师恳求延时。

导师："在我指导过的人里，没有人比你更优秀，你有大学者的潜力。学者的清高天性，让你畏惧世俗。但最高的学问在大众中，你能达到的，不只是大学者，应是大教士。"

他："我不惧怕世俗，只是还没得过上帝的恩宠。"

导师惊讶："怎么会？"

导师见过，一日他做祈祷时，由于跪垫狭窄，一人要贴他身跪下，像有只无形巨手将那人揪起，丢出三米，而他仍沉浸在祈祷中，浑然不知。导师："这是一个神迹，你的虔诚让心有杂念的人无法靠近你。你已得上帝恩宠。"

沈方壶："不是上帝的恩宠，是武功。"

入教后便不再习武，但武功是种慢性病，患上便无了期。那次做祷告时伤人，力量不是来自臂腿，来自体内深处。凡人之躯，深不见底。

他狂喜，认为是上帝降临。这股力量退去后，醒悟到是形意拳的"丹田力"。不知何故，他的武功上升了。

他说服导师，留了下来。一待，又是八年。武功变本加厉地来了，而上帝仍未降临。

一九〇〇年，马尼拉传来许多中国的消息。年初开始的旱灾，令北方农村沸腾谣言，说洋人的瞳孔之所以是蓝色，因为洋人偷了中国的天，中国的天被数不清的洋人分装在眼睛里。

没雨，因为天没了。

河北、山东两省受灾最重，也是北方教会势力渗入最深的地区。乡民对教堂的仇视情绪已被煽起，再不下雨，必出现暴力。

乡民祈雨，旧神灵普遍失灵，评书戏曲人物猪八戒、柳树精都成为新神。超大规模的新神出现后，又超大规模地出现行神迹的人，刀枪不入、掌心发雷的法术多如牛毛……他们自称义和团，终于攻向教堂。

沈方壶周身关节疼了起来，一个沉潜多年的影像浮现，是京城南堂的马利亚石雕。他向导师辞行，导师惶然："上帝对你示现了？"

他："上帝没来，但我得去了。"

赶到京城时，义和团入驻快两月，南堂被烧毁。跪在马利亚石雕的残块前，沈方壶进入深度宁静，最虔诚的祈祷也未曾达到的宁静。

忽然，脸上冷。沈方壶抬眼，见七八位小腿黄裹红扎的人围住自己，腰别砍刀，手拎包袱，应是查抄信教人家归来的义和团众。

城里信徒尽数遭抄家，抗拒者被砍头。为混入京城，沈方壶没穿教士服，团众质问他为何流泪、是不是教民，他才反应过来，脸上的冷感是泪水……

沈方壶眼光在一人腰际停住，别的是柄蛇鳞剑鞘，鞘上银饰工艺精湛，今日被抄的人家是富户。

一把抽出，是开刃之剑，泛着青光。刺出，剑颤发音，似响在丈外。

如精确测量后的伐木，围着他的义和团众倒下，彼此不相压。

沈方壶甩臂，血脱剑飞出，落于地面，状似梅花。

携剑去北堂，义和团围攻那里已五十九天。那里有三千教民，四十名意大利、法国士兵守卫，储备五箱子弹、七十条枪，沈方壶赶到时，教堂被炸开道两米宽豁口。

他请命守此豁口，法国士兵问他需要什么，他想想，要了件教士服。防线漏洞让一柄中式宝剑堵上后，北堂多守了四日，等来八月十六日八国联军攻入京城。

联军首领瓦德西下令对义和团格杀勿论、全军抢劫三日。北堂门口贴上告示，也号召教民抢劫，所得用来修复教堂。各国使馆亦派人抢。

两个月来京城人几乎都参与了义和团活动，久攻北堂不下时，全城人奉命家门挂红灯笼助威，据说效果可让洋兵的枪自行爆裂——可以指认任何人为义和团，可以杀所有人。

杀人的感受如同听到教堂钟响。钟声不为报时，是为打断人思维，在俗事里停一下。京城已无钟声，当剑刺入人体，沈方壶的大脑有片刻空白。

或许杀到一万人，上帝便会示现。剑法诀窍在用腕，杀到六十人时，上帝没有来，来的还是武功，手骨和腕骨似乎脱开，注入油质，从此他腕子灵动如蛇。

面对李尊吾，沈方壶腕子发紧，毕竟自己曾是他的拳靶子，被他踢断过的胫骨有些凉。两人寸移，缓缓向东墙。

一片洋人的谈笑声由远而近，停在门外，边聊边用枪托砸门，终于"嘭"的一声，门板倒下。

姐妹俩后悔没上吊，洋兵八九人，明显对姐妹俩的容貌感到满意。李尊吾、沈方壶保持着对峙的身形，没有回望。

响起哀号，听着别扭，似乎叫声在空气中被切掉一半。

斩人的刀快，声未喊完，人已毙命。

洋兵尸体乱糟糟横在地上，夏东来托铡刀起身，弹指叩刀。两声，是与李尊吾约的暗号，表明麻烦已除。

李尊吾鼻尖、刀尖汇为一点，沈方壶视线不敢离开此点，余光瞄到夏东来杀洋兵的情景，赞道："刀法原来不劈砍。"

李尊吾："真剑法只有一下——刺，真刀法也只有一下——抹，劈出去的刀没用，收回来的时候才杀人。"

夏东来汗毛立起，习刀多年，第一次听师父直说刀法。方明白不让他用常见的柳叶刀，用单手无法持握的铡刀，正为免去劈砍，不得不用抹。

铡刀达九斤四两，为能久战，只好一手持柄，一手托刀背。看似无奈之举，实是奥妙所在，铡刀重量逼迫手臂，人会本能以腰力补充，拳劲的惊爆与柔化都是腰部使然。

夏东来身材矮矬，铡刀立地高至下巴，如此刀长，胳膊不够用，自然要挪步，于是不知觉中，养成以步法使刀的习惯。瞬间斩杀八九个洋兵，沈方壶称赞的是他的转折。

拳劲与步法是形意门关键秘技，师父用一把铡刀种给了自己……身体练成，脑子不明白，如果没有今天的直讲，这辈子都是糊涂人，无法收徒下传。

十年来，师父随时准备断掉他这一脉，形意门的苛刻薄情，令人心寒……

腕子仍发紧，沈方壶虚声道："师哥，我听过你的事。义和团刚闹起来的时候，你夜闯老龙头火车站，斩杀十七名俄国兵，全身而退，从此义和团称你为大仙爷。"

李尊吾："我也听过你的事，一人守住北堂豁口。"

沈方壶："如果你来攻，我守不住。您这位武功盖世的大仙爷啊，为何不来呢？因为你被封为金刀圣母的护法，其实是当轿夫，和你徒弟天天抬着她绕城转，说这样便可以阻止八国联军攻到北京。"

西方圣母是贞节极致，生下耶稣却未经男女之事，所谓"童贞受胎"。义和团的金刀圣母为不洁极致，是位底层妓女，传闻身患梅毒，眼角溃烂。在义和团理念里，洋枪洋炮是法术，秽物可破法术，下贱女人能让枪炮失灵。

身为一代高手，不能上阵杀敌，被指派做妓女的轿夫……李尊吾凝如铜铸的脸上，泛起苦涩。

腕子松活了，沈方壶："金刀圣母现在哪里？联军破城时，一定给你杀了。"李尊吾断喝："我不杀女人——"

沈方壶出剑。李尊吾跌出，反手划一刀，扑上梳妆台，就此不动。

沈方壶单脚点地，背贴墙面，脸上一道横过鼻梁的伤口。他任血流下，叫道："师哥！还活着？"嗓音嘶哑，竟含关切。

"活着。"

刚才不敢起身，是以为反手一刀，杀死了他。李尊吾转身："高了，这道口子该在你喉咙。"

血漫至唇，沈方壶恢复对敌之姿。李尊吾心知无法向他挥出第二刀，语调仍强硬："靠说话让对手分神，才敢出剑——好俊的功夫！"

沈方壶狞笑，血流入口："先瞧瞧自己，再讲风凉话。"

李尊吾垂头，心脏位置的衣料裂开，露出红底金线的锦囊。囊内粉末泻下，为黑红黄三色。

是二十一颗黑豆、七颗红豆、十五颗黄豆磨成的粉——金刀圣母所赐的圣物，据说佩在身上，可避枪弹。

沈方壶："形意门有祖师，你怎能去拜义和团的小妖小鬼？"

李尊吾："我不信那些，只信——咱们的江山不能让洋人霸占。我是个帮忙的，没帮上！"言罢收刀，吩咐夏东来，"给你师叔上药。"

夏东来放下铡刀，怀里掏出个油纸团，摊开是块黑乎乎黏物，迈步而来，沈方壶立即掉剑相向。

李尊吾："师父传的五行膏，愈合伤口有奇效。你是教士，破了相，日后怎么传道？"

剑尖沉下。

窗口斜进黄昏之光，沈方壶坐下，仰头让抹药。李尊吾跺脚震去鞋面上粉末，想起金刀圣母赐锦囊念的词：

铁山铁河铁大殿，铁车铁马铁衣衫。
铁人铁眼铁鼻腮，挡住枪炮不能来。

2 独行道

膏药涂成一道黑杠，将脸分成两半。沈方壶撕开右腿裤面，摘出根皮带扔了，要夏东来往腿上涂药。

扔出的皮带宽五寸，内侧镶铁质尖粒，是教士修行的苦功带，刺激肉身打断俗念。按规定一日绑一个时辰，不至于刺破皮肤，但沈方壶绑上便忘，常搞得血肉模糊。

沈方壶眉宇展开，一声惬意的吸气后，剑指李尊吾："没刺进你心窝，不是我手慢，是腿慢了。师父的药好，师哥，再来。"

李尊吾："刚才的交手，已把我杀心耗尽，再打，就是拼体力了。"

沈方壶："嗯，无趣了。下次。"

两人各退三步，放松身形。沈方壶："师哥，你出城吧！你徒弟对我有涂药之恩，他的命，我放了。"

缩在墙角的姐妹俩出声："我俩怎么办？"夏东来诧异："你俩不是要上吊么？"

两女羞愧垂头。

在房顶上行走，到宣武门一带，好走些。京城民居多为三角斜顶，那里有成片的平顶房，是长驻京城的日韩商人住房。

李尊吾在前，沈方壶、夏东来各背一女在后。女人裹小脚，行动不便。让沈方壶背女人，因为形意门规矩，有师弟在，师兄不拿东西。

前方百米，攻城炮火打塌了截城墙，可就此出城。李尊吾驻足："师弟，我们就此别过。"

沈方壶："为何？你也想背背女人？"

李尊吾和沈方壶同时发笑，小时候捉弄村里傻子，两人便笑得这样恶意。止住笑，李尊吾眼珠死人般不动："杀心跟风一样，停一会儿，又会刮起来。师弟，我有了杀心。"

武人一旦确立对手，身上的肉就成了群野狼，随时会咬上去。沈方壶直身，令背上女人滑下。剑尖在人咽喉划开的小口子，令他痴迷，一想到，便要上街杀人……

沈方壶掐住自己咽喉，逼退小口子幻象："此时此地，最大赢家是洋人，咱俩谁胜了谁，都无趣。"

李尊吾哀叹："他时他地，老程的仇，我要报。"沈方壶点头，身形一黑，消失在残砖败瓦中。

夏东来放下背着的妹妹："师父，刚才你能杀死他。"李尊吾眼中一道血丝："蠢物，说什么？"

夏东来忙跪下认错，李尊吾："起来吧，打今天起，你就不是我徒弟了。实话告诉你，我从没拿你当过徒弟。"

夏东来惊叫"师父"，李尊吾："这话省了吧。抡刀上阵，我需要个护后背的人，我没教过你真东西，你只是给我挡刀的。"

夏东来伏地磕头："西边不能走了，洋兵在丰台挨村杀人，也不要往南往东，廊坊、静海的村子给屠光了。绕到北边去，能太平点。我先出城，从此您碰不见我。"便要跳下房。

李尊吾："你给我挡过刀，也挡过子弹。临别了，给你点老程的东西。"

夏东来："不用，您给我的已够多。"

李尊吾："蠢物。"

夏东来回转。李尊吾："形意拳又叫践拳，因为发力用践步。你不是我徒弟了，我不好按形意门的传法，跟你直讲践步。幸好有老程，我借八卦跟你说说形意。"

老程是开剪刀铺的，什么是践？剪刀剪东西！践步是裆力，两腿交剪互夹，向内缩抽。

老程对外教的八卦步，就是绕圈，见到可造之材，多教出一个"探"字，前脚迈出时脚尖往前多探一点。但光教"探"，还不够，探出去是为缩回来，如脚底板踩草绳，往回搓。前脚回搓，可振裆力，在八卦门叫搓绳之秘。不点明，光听这名是猜不出的。

李尊吾："你明白形意的崩拳该怎么打了吧？"

夏东来脑后发根浪花般碎开——崩拳打的不是拳，是腿。

作为两腿夹角的裆部发力，两腿振动如弓弦，力道上冲手部。

师父以前教的崩拳，只教外形——前腿疾迈，带得后腿跟随，拳头顺势击出。当初自己一看便明，认为崩拳的奥妙是冲撞力，每日打两千拳，颇有心得，不料全用错了心……

形意拳果然是践（剪）拳，拳力不是奔驰产生，是两腿剪出来的。后腿不是被前腿带起，而是主动地一夹，看着像跟随，是因前脚"搓绳之秘"造成的错觉……

夏东来神情，如久饿之人闻到饭香。

李尊吾："这点东西，便宜你了。你资质差，这辈子成不了一流人物。在形意拳上，没有勤能补拙这回事，你练得再苦，遇上个龙凤之才，你练的就什么都不是了。记着，以后别说是我徒弟，丢我的脸。"

夏东来脸上的感恩之情褪去，眼皮、腮帮厚起，像挨打后的瘀肿，道声"我记着"，扭身跳下房。

李尊吾久久呆立，似已站着死去。

许多事情，需要想想……空气有了变化，寅时到了。寅时为三点至五点，是习武黄金时段，身体最为协调，大脑最具灵感，从十九岁入形意门，即是他习武时间。

不舍得走似的，他一步一缓地向房顶边走去。响起声怯弱女音："我俩怎么办？"李尊吾触电般转身，竟忘了她俩！

三个武人救两位小脚姑娘出城，没有难度……为何急于与沈方壶、夏东来了断？

遥望城墙，出了城便改了运，该了断——荒唐！"出了城，国运就改了"的是皇上，不是自己。传闻，皇上是八月十五日早晨走的，手里紧握根水烟袋……

姐姐："恩人，您一个人怎么背我们两个？"

李尊吾："背不了两个，分两次背。"

先将妹妹背出城，藏在草丛，李尊吾回城、上房。姐姐趴上他后背，问："我看出来了，您的身份高，不把他们赶跑，轮不到您背。您那么想背背女人？"

感受着背上温热，李尊吾想自抽耳光。

因为习武，耽误了婚娶。曾跟前辈镖师逛过窑子，不过两三回。算是品过女人，此生足矣。不洗脸、不沾女人是走镖路上规矩，一趟接一趟走下来，心里便没了女人这回事。

武人忌讳女人，认为睡女人伤元气。义和团有武人背景，最初是乡间武师哄起来的，年初大旱，人们在家里待不住，迫切要聚在一起，村村都开了拳场。

过热的大脑和过剩的体力，靠聊天消耗不了，聚众往往发生淫乱，幸好有拳。义和团在乡间烧教堂、杀教民，进而大乱京城，到了能任意羞辱朝廷官员的地步，也没祸害过女人。

兜女人大腿的手僵直，他到房边放下她，先跳下，再张臂接她，利索地转到身后，向城塌处奔去。

女人起了变化，汗水透衣渗出，犹如油脂。原是要死的，但一有生机，死志便崩溃，肉体亢奋如冰河开裂。姐姐张口："怎么报答您？老话讲，有钱给钱，没钱给身子。"

胡子白了多久？三年前下巴须白，一年前唇上须白。

独身习武，胡子白得快。小腿汗毛还黑密，强过精壮青年。京城被八国联军攻破的日子，他发现小腿汗毛白了一根，看着恶心，拔下时揪心地痛。

"姑娘，你的身子给别人吧。我发过誓，不留儿女、不留财产、不留绝技。这辈子，我是一个人。"

从他手兜着的大腿起，姐姐身子片片冷下，"嗯"了声。

城北德胜门外有野高粱地，太平年代，是个贼窝，埋伏着强盗，老百姓不敢独身穿行。现今，强盗也逃了。天色大亮前，用辆独轮小车，李尊吾推两女进了高粱地。

小车是在宣武门外发现的，洋兵逼农民推车进城，运抢劫财物。这辆小车为何被弃？李尊吾祝愿是车主得机会逃了。

入高粱地二十米，李尊吾放倒独轮车，带姐妹俩深入百米，吩咐："等天黑。"自己先趴下睡去。白日不敢走路，要躲洋兵。

三人忽睡忽醒，熬过白日。记得中午太阳歹毒，烤出身臊哄哄的汗，三人间有过对话。姐姐搂妹妹侧卧，问："您怎么趴着睡啊，压胸口，不难受？"

李尊吾："骑马累腰。你一趟镖走下来，也这么睡。"

姐姐："六月里，人人都知道来了金刀圣母，有她坐镇京城，洋人攻不进来。您真是她护法？她的金刀什么样？"

李尊吾："她就是金刀。添药的勺子也叫刀，她盛的是阴毒，专克洋人的大炮。"

听闻金刀圣母是一个患梅毒的妓女，妹妹："她不灵了，您就把她杀了？"在她俩家时，听沈方壶这样说。她脸上是感人的天真，只是好奇。

这是他最大失误，以为八国联军破城后，终要跟清廷谈判，百姓遭殃，王爷家总是安全的，于是把金刀圣母安置在一个王府，自己带夏东来去跟洋兵巷战。

此府王爷是义和团信徒。两日后，听闻王府被洗劫，女眷无一幸免，全遭强暴。

他赶到时，见金刀圣母全身赤裸，在狠抠下体。她中了刺刀，已活不成了，看到他后哀求："给我取出来。"洋兵临走前在她下体塞入一物，她难受得无法死去。

李尊吾挥刀。劈断耻骨的感觉，如劈断根筷子。裂开的腹腔似花瓣层层的牡丹，躺着尊八寸高、三寸厚的金佛。是紫金，洋兵以为是不值钱的铁制。

她捡出金佛，拿到眼前，道声："对，是这玩意儿。"凝目而死。

李尊吾："她……成佛了。"

仇小寒起身，拉仇大雪卧下，不再说话。

初做镖师，在白洋淀杀死三十名土匪后，没有成就感，甚至想杀了自己，追随土匪死去。那是杀人者才有的"死志"状态，杀人者，天伐之。

是两株芦花给了他生趣，抬眼见芦花雪白，在风中相互遮掩，好看至极，如眼前姐妹般……

姐姐说她俩娘家在城北一百七十里红障寺附近，京城一位五十三岁男人买了她俩，未及圆房，义和团便进城了。男人在冰窖胡同开照相馆，家有自行车、唱片机等洋货，怕义和团当"二毛子"杀了，一人逃了。

毛子是洋人，二毛子是成年汉奸，三毛子是青年汉奸，四毛子是汉奸的男孩，五毛子是汉奸的女人……最多可达十毛子，义和团首领也难搞清。好在大原则清楚，信洋教、用洋货者皆为汉奸。

听闻照相馆给烧了，正房太太和长子让乱刀砍死。她俩是男人偷娶，不住本宅，躲过此难。

李尊吾："为何偷娶？"

姐姐红脸："我俩是用来炼丹的。"

传闻老男人与年轻姑娘交合，可恢复青春，姐妹花最好。认为姐妹二人体质天然互补，得一对姐妹花的效果，强过十六位姑娘。

李尊吾转移话题："两位姑娘，怎么称呼？"

姐姐："姓仇。爹说，我们是仇大鼋后人，他是康熙朝的吏部侍郎。"

姐姐有骄傲之色，李尊吾暗叹："报应。"

世道是此人搞乱的。入世争名前，师父连讲半月江湖秘闻，讲过此人。他是个笑话，师父却语带同情。

两百年前，明朝灭亡，满人攻入北京，建立清朝。明末五位顶级学者王夫之、黄宗羲、顾炎武、钱谦益、傅山皆加入反清武装。

一股股反清武装被歼灭，这五人奇迹般未遭追查，得享天年，完成著作。残暴如清廷，对文化也敬畏？是投降清廷的汉人高官影响了清帝。

满人兵力不足，汉人原本可以打下去。但满人入关，给了地方高官们一个洗牌机会，满人有限的兵力，管不来天下，势必要地方自治，他们便成了诸侯，权力大于明朝。

一个幅员辽阔的默契产生，未劳满洲兵动手，汉人抵抗者被汉人投降派歼灭，估计清帝也感惶恐，自己的天下浑然天成。

地方自治没有发生，大家不久后都做了奴才。好利者，必短视，是受了清廷的算计，还是自己算计了自己？是搞不清的事了。好利者，必自贱。

或许是愧疚，汉人高官们保下五位学者。天下已定，恢复明朝，不再可能。无计可施时，有人想出一计，他叫仇大篾。

他是黄宗羲年龄最小的弟子，思索清廷坐稳天下的奇迹，只因为满人皇帝康熙是一个天才，杀了康熙，清廷便会崩溃。但皇帝防卫严密，刺杀谈何容易？他考取官位，苦练武功，期待在一次早朝，以掌力击毙康熙。

但他不是习武之才，也不是做官之才。六十一岁，仍没有上金銮殿见康熙的资格。

六十三岁，他想出一计，给汉代丹经《参同契》作注，献给康熙。《参同契》用词隐晦，传说用女人炼丹，读懂可延寿千年。他希望康熙纵欲而死，注解成一套自伐生理的理论，毕竟是黄宗羲弟子，写得文采飞扬。

康熙难辨真假，反复翻阅后，以帝才特有的谨慎，没有实行。六十七岁，仇大鼋第二次注《参同契》，字词经四年锤炼，逻辑森严，可信度变高。康熙大赞其忠心，升任他为吏部侍郎，仍未照书修炼。

七十二岁，他第三次注《参同契》，文字简洁，没献给康熙，高调娶了城北山区一对姐妹，七日后须发复黑，油亮如漆，轰动京城。康熙主动要他献第三注，阅后没召来请教，而是派总管太监去他府上检查须发真伪。

总管太监在客厅等待时，他自杀了。须发是染的，他比康熙大十六岁，传闻绝笔是"这孩子厉害"。

或许，他的努力没有白费，隔代生效，康熙之后的雍正皇帝执政十三年暴死，有一种说法，是看了他的书。如果没有想出这条计，原本他该是位大学者吧？

他死后成为文坛、官场取笑对象，让老百姓知道了采阴补阳。清末富豪风行买女炼丹，他是祸源。义和团指责传教士的罪状之一，便是骗妇女入教堂行淫，采阴补阳。

洋人哪懂这个？为证明洋人的邪恶，义和团用上所有材料。在乡间，采阴补阳是不能容忍的邪恶，比洋人占我国土的数字，更能激起农民愤怒。

世道是他败坏的，他的后代被人买来炼丹，是因果循环吧？对人做的，也遭人做，天道好还。

姐姐叫仇小寒，妹妹叫仇大雪。她俩娘家在山上，离京一百七十里。唉，没想到她俩的爹长这样！一眼大一眼小，大眼无神，小眼闪亮。走镖路上，店家如长成这样，便不会投宿，八成是黑店。

李尊吾告辞，绑腿里抽出一物，递给仇小寒。是个两寸玉牌，上刻"斋戒"两字，祭祀时的胸前佩物，被派给金刀圣母抬轿子时，受的赏。

玉不名贵，挂坠丝线是金质，名为累丝。李尊吾："熔了做耳坠、簪子，随便你。"

仇小寒握手里，不言谢："为何发誓不留儿女、不留财产、不留绝技？"

"我天性不能守秘，师父让发的，免得泄露武艺。"

"不留绝技就行了，何必不留财产、不留孩子？"

李尊吾："你还年轻，不懂世事。为孩子为财产，人会把绝技传出去。"疾行数步，开始下坡。

她大叫："您去哪？"

李尊吾："山西，五台。"

她："您要出家当和尚？"

李尊吾："不，找个和尚。"

她追上："找他干吗？"

李尊吾怪自己怎么越说越多，还是说了："想解决心里疑问。"

洋人快攻到京城时，城里盛传，五台山有位普门和尚，慈善如童女，法力如妖魔，马上就到京城，只要一句咒语，洋兵全部死绝。

义和团成分杂，有拳场、船会、茶会、拜观音的、拜柳树精的……他们都尊奉普门和尚，认为是在世的神。

"我不信法力，相信普门和尚凭个人威信，能把乌合之众的义和团组织起来，兴许便挡住了洋兵。结果，他没来……我去五台，想求个答案，世上究竟有无此人？"

她："要真有这人呢？"

李尊吾嘀咕："杀了。"

撤步，下山。

3　守洞人

西行路上，常见腰斩的白毛狗尸，摆得整齐，头向东方。农民认为狗被腰斩后会变成地方保护神，白色代表西方，按五行理论，西方克制东方，白狗尸可阻止洋兵西进。

皇上西逃，城里人家也西逃。

沿途很多溃兵，因为饥饿，有哄抢商铺的情况，但不骚扰路旁住户，敲门求水时，如不开门，便求下一家。夜间遇雨，躲到西逃人家的骡车底下。

车上便是女眷，要趁夜骚扰，她们家人无奈吧？但他们只是蹲着。实在雨大身冷，会钻入车厢，跟女人挤作一团，自耻粗鲁，不动不讲话。

溃兵不乘乱失德，可想京津地区文明熏陶之厚。国人早早自我安顿，创出居家过日子的文明，在京城，看一人品性，要看他的家。不能定居的人，没有道德，总是明抢暗占。

八国联军进京，杀了程华安，坏了京城风流。可以预想，京城人不会再像以前般敦厚多情。李尊吾恨恨地想，如能遇到西逃的皇上，定要以死相谏，劝其痛定思痛，多买大炮轮船，十年之后，到洋人国度杀洋人……

拳理忌讳遇强求强，因敌人发力，激起自己发力，必为敌所趁。简单对抗，是败亡之道，不模仿敌人，才是克敌之道。

李尊吾出了身冷汗，下辈孩子们不懂拳理，仇恨将刺激他们去学洋人的霸道。孩子们发奋图强，却会遭洋人利用，最终毁灭我们文明的，是我们的孩子……

路上数千人口的县城，都由义和团守城门，官员闲在家里。三个月前，清廷相信义和团能灭洋兵，下令义和团凌驾官府之上。

李尊吾不愿亮身份受当地义和团接待，自己在街头买吃食，黄裹红扎的绑腿早摘了，但他的刀暴露了他。刀长三尺二寸，窄如布店尺子。有人叫："老龙头火车站砍了十七个白俄鬼子的大仙爷，是您老吧？"

人越聚越多。夹刀入腋，咬烧饼走了。人们还跟着，咽完烧饼，仍不散。翻刀，地面画出道线："我是有脾气的人，别再跟着我。"

人们止于横线前。

仅剩一足音，触地如猫，恍若程华安。"哪能和老程比？差了一大截。"转身便可看到此人，但不知为何，想多听听这足音——因为像老程？李尊吾疾行而去。

拐入条窄巷，转身对巷口。一人闪进，面白无须，眉宇贵气，行抱拳礼，左掌抱右拳，是为敌表示。

礼散即出招。两人小臂对磕，来人如拍在铁锅上的一块饼，拍在地上……

半袋烟工夫，他恢复神志，长哼一声，音质高亮："好俊的手段！除了海公公，没人让我吃过这么大亏。在下崔希贵，你是李尊吾？"

崔希贵是有名大太监，在慈禧太后跟前得宠，甚至拜太后亲哥哥为干爹。他是太监里罕有的好身材，爱蓄衣帽，出了宫，穿着如王爷。

"海公公教过你，他的坟在城外，上炷香吧！"

城外野地，有家荒废多年的客栈，房已坍塌，马棚未倒。

崔希贵介绍，皇室西行，只四辆骡车，三辆坐人、一辆装物，扮作寻常百姓，行到这里，没敢进城，夜宿马棚。他能为皇上太后做的，是从废屋里拣出条长凳，擦干净，让太后和皇上一人一头地坐着。

都怪那条长凳，太后和皇上挨着坐一夜，太后顾念起母子情。离京前，太后杀了皇上最宠的妃子，理由是她漂亮，带上路招眼，如遭乱民玷污，是皇室不能承受的大辱。

她是井里淹死的，扔她的人是崔希贵。

太后向皇上说，投井是句气话，崔希贵不说俏皮话消气，反而抢着立功，铸成大错。皇上厚道，没说要杀他。

清晨起拔，车队甩下他。后宫总管，贬为庶人。

崔希贵："奴才就是给主子解围的，我不顶这罪，您说这一路上，母子俩怎么面对？其实把我杀了，一句话就杀了。没杀，是太后仁义，不冤我伺候她多年。"

哽咽如少女。平日装成豪气男人，动情时，还是露了太监相。

崔希贵走姿，两膝内拐，臀部下坠，腰部不成比例的长，原本的长腿反而不显——海公公从未有此相。得海公公面授仅三次，李尊吾的八卦掌主要是程华安代授。

李尊吾："你学八卦掌，也是老程教的吧？"

崔希贵闪过自傲："程华安？他不知我，我独知他。八卦掌分两脉，热河一脉，京城一脉。热河脉是上传，为皇室百年来一支隐兵；京城脉是下传，给了寻常百姓，程华安是第一代，他不知有热河。"

热河有皇室围猎、避暑的行宫，清朝皇帝与蒙古诸王每年例会在此，一待三四个月。崔希贵："太后亏了心。有热河一脉在，妃子哪儿能让乱民玷污？是太后真要杀她。"

皇室西行仅四辆骡车，无骑兵护卫，敢混在流亡大潮中，因为车前车后的行人里藏有五十二名热河高手，可迎击数百土匪。

海公公埋在一面缓坡上，未塑坟头，以蒿草掩饰。

城内买不到香烛。李尊吾左右抡刀划地，两条刀痕交叉处，捻起撮土，以上香之姿敬献，随风飘散。

那日清晨，另一个得宠太监李莲英调来远在万里外的甘肃军，军官是李莲英一年前认的干儿子。慈禧下令解散热河护卫，将安全托付给陌生的甘肃军。

"热河脉为皇室效忠百年，为何突然失去信任？"

"因为一场没下的雨。"

江西高层道士闭关修炼，守洞口护法，得会防野兽，八卦掌本是对蟒、虎、马、牛、豹、狼、熊、猿八种动物的驱赶技巧，历代守洞人磨炼揣摩，上升为武技。

宋明两朝，消除旱灾的国家级法会都由江西道首承办，在清朝失去此地位。满清皇室是异族，不信天师、老君，有家族守护神，名"雅曼德迦"。皇城北海御园、热河行宫皆供雅曼德伽塑像，平素以红绸包裹，传说牛首人身。

为恢复前朝地位，江西道首向皇亲高官送出各种重礼，包括送守洞人当贴身保镖。嘉庆时代守洞人入了皇家护卫编制，被指定与蒙古女子婚配，繁衍壮大，热河行宫的守洞人穿军服，京城王府里的守洞人不净身，穿太监服。

但江西道首待遇更低，皇上对江西道首"三年召见一次"的示恩行为也取消了，几同庶民。守洞人子孙却没有忘记祖辈使命，到海公公这代，仍在想对策。

清廷制度，皇宫可向王府下赐太监，王府中调教出伶俐太监，也可上献皇宫。海公公买了个四岁小孩，调教到十一岁，出落得面相气派、言语机敏，由王府送进宫里，期盼他在太后跟前受宠，给江西道首说说好话。

那孩子便是崔希贵。

他没辜负海公公，成了权倾后宫的大太监。但太后虽是女人，却有帝才，她的影响力只是让热河守洞人每人年底多得三十两银子的赏，江西道首仍遭冷遇。

海公公终于想明白，道学是中华正脉，清室毕竟为异族，他们抑制向民间推广"雅曼德迦"的冲动，同时也打压江西道首，是为维持满汉平衡——这是开国时便定下的治世大计，不是一个得宠太监两句好话可改变。

他觉得王府无趣了，寻平民子弟教拳，是寻开心。程华安至死不知八卦门底细，往往不知底细的人，才能是受益者。

热河守洞人与皇室不是主子跟奴才的关系，而是施恩与报恩的友谊关系，如同皇室与蒙古王族。仆人常让主人吃暗亏，朋友好些。热河行宫的防卫系统中，最内层防护圈由守洞人担当。

太后决定乔装西逃，对禁卫军保密，调热河守洞人来护驾，是她心里有准，更信赖友谊。

但百年信任让两句话毁了，海公公见皇室沦落荒山，觉得是进言时机，行进时凑到太后车窗外，说今日大祸，因年初大旱，否则农民老实种地，不会闹义和团，不会招来洋兵攻北京。

宋明两朝遇旱，都由江西道首祈雨，如果年初太后让江西道首进京祈雨，便不会落到眼前地步。太后没打断他，只在他说得没话了，咳嗽一声。

崔希贵："事后推想，太后那时候给气坏了，我佩服太后，真能忍。能忍的人，也心狠。"

海公公的话，让太后对守洞人失去信任，觉得百年善待，仍不能让他们遗忘旧主。加上一时动情，为顾全与光绪的母子关系，急于让崔希贵顶下杀妃子的错。崔希贵是海公公养大，如果心有不平，带守洞人闹事，皇室危险。

甘肃军赶来护驾，索性将崔希贵、海公公、五十二位守洞人都抛下。

崔希贵："太后该明白我呀！我这人爱气派、嘴上不输人——嘴硬的人，心都软。她对我再狠，我嘴上怨怨，绝不至于对她下黑手。我十一岁就伺候她了，伺候了这么多年。"

哽咽又起，弱如雏鸟。

李尊吾安慰："太后糊涂、太后糊涂。"

崔希贵哭容消失，大臣上朝般庄重："你懂什么！我佩服太后，对一个人有一点不信任，就要完全不信任，一旦翻脸，就翻到底——这才办得了国事。"

李尊吾道歉，请问海公公怎么死的。崔希贵脸上高官气褪去，眼皮又肿起一分。

那个清晨，皇室车队走后，五十二位守洞人想回热河，海公公说："该回的地方，是江西。"除了热河、京城，他们没去过别的地方。

江西，一片迷惘。但，早该回去。

他们行礼走了。躺在太后、皇上坐了一夜的长条凳上，海公公睡了半个时辰。凳面宽窄只能容下脊椎一线，睡时四肢垂地，如一只晒死的海星。

醒后，他说："希贵，你自小残疾，练不成高功夫。但我教你的东西，足够你从野地里捉只兔子回来吧？"

兔子剥皮烤熟后，海公公独吃，没分给崔希贵一口。兔肉丝韧，海公公吃了二十年素，胃承受不起，开始吐血。至黄昏，辞世，遗言是：

"希贵，当初我不该买你。八卦掌我传给民间了，会有一代代人玩下去，奉我为祖师。你找人给你画张像，说这就是我。你是断后的人，用这法子，受后世香火吧。"

李尊吾临走前，问崔希贵为何留在这儿，答："洋人总有闹够的时候，太后总是要回京的，还会经过这儿……"

马棚是太后夜宿过的地方，见他守着不让乡人玷污，感念忠心，或许会带他回宫。崔希贵："你去五台，是看破了红尘？"

李尊吾："红尘里有苍生，没闲心去看破。我只是想，有救世本领的人不救世，该杀。"

4 白衣弥勒

五台山，有东、南、西、北、中五簇高峰，如攒在一起的五指，揪着虚空。

南山寺内有六百石匠，不知天下已乱，仍在斧凿刀钻，雕刻不休。此寺依坡而建，上扩至山顶。山民言，此处原有的辽代寺院，清初已毁，普门和尚接手时，仅有一圈院墙残垒。

眼前规模全是此人建立，李尊吾暗生敬意，恨意更深。观一人的造物，可知其才华，如果他本无救天下的才华，我会饶过他，但眼前景观，已判定他死罪。

义和团是愚众群氓，中华传统是：智者要对大众负责。大众不能理解，智者就装神弄鬼，汉朝张良、唐朝徐茂功、明朝刘伯温都扮成半仙。背离大众，有愧天赋，冒神仙之名，为整顿人间。

普门和尚是当世半仙，自造声势多年。但他不入京主事，坐看国人被洋兵宰杀，受香火捐款，关键时却辜负了苍生。

普门和尚不住寺内，在山顶茅棚。棚外无门，棚内无床，正在捧碗喝粥。李尊吾没想到他如此朴素，更没想到他这般相貌。

这张脸如此熟悉，小时候在家乡，是他和沈方壶捉弄的傻子。

天下傻子是一副相貌。普门抬头，间距很宽的两只小眼，向李尊吾伸出碗："来了，就喝口粥吧。"

李尊吾不顾脏地坐在地上，接碗咽下两口。这个丑陋和尚有着慈悲眼光。

看到尺子刀，普门问："你是形意门的？教你的是车洪毅还是宋识文？"声如潭水自鸣。

李尊吾摇头，普门笑起："刘状元？他眼高心毒，原以为他收不到徒弟。"

李尊吾："您跟我师父认识？"

普门："他们几个年轻时，师父领着，拜见过我。"李尊吾脑中嗡响，普门眼波旷如大海："你的来意？"

责备的话，早想好，却说不出。普门愚蠢的厚唇发出文雅的笑："出去走走。"起身出棚，身法之快，常人眼力看不清。是形意拳崩拳变招，名懒驴卧道。

此招自上而下，高跃而出，伏于地面。普门动势却是自下而上，能反使懒驴卧道，腰功一品。李尊吾出棚，亦是反使的懒驴卧道。普门显示武功，反激醒了他的杀心。

李尊吾追上，并行一步，惊觉自己站在普门左侧，超出普门半步——这是晚辈陪长辈出行的规矩。

老人摔倒，十之八九是向左前方跌。与长辈并行，居于左前，为防摔。李尊吾心知今日杀不了普门，杀心尚在，脚下行礼，这个身体在恭敬他。

两人走出三十余步，身形默契。普门道："八国联军进北京，或许是清朝最大祸事。千年前的唐朝，最大的祸事是安史之乱。"

安禄山和史思明已经拿下李家天下，却先后发疯，叛军成乌合之众，很快被剿灭。史料记载，他俩的疯病是不空和尚作法所致，不空和尚是真言宗，诅疯叛首后，即被唐皇室奉为国师。

唐朝佛教有华严宗、禅宗、律宗等宗派，都由开宗祖师命名，唯有真言宗是佛亲自命名。此宗标榜是佛的"自说"，没有对象，不委屈自己；而别的宗门是佛"为他说"，因人而异，为说服特定对象，言多曲折。

此宗在唐朝末年隐没，汉地不再见流传，仅在日本有余脉。

普门："慈禧太后精明了一辈子，煽动义和团跟洋人开战，简直是发疯。我们亡国，最大的受益者是日本，以地理之近，可迅速占我国土。鉴于安禄山、史思明发疯的先例，太后下出昏着，会不会是日本真言宗和尚作法所致？"

李尊吾："真言宗在汉地断了，见不着，我没法说。"

普门："断的是传人，法本尚在。隐没千年，不是东西没了，是我们忽略了。"

五台山十量寺藏有佛学集成《大藏经》，收录《大日经疏》。

《大日经》是真言宗根本经典，唐朝开元年间，印度僧人善无畏来长安翻译《大日经》后，又作疏，将修法细节首次写成文字。

在印度限于口传的内容，在中华落于纸面，这一破格行为，不是唐皇室权力压迫，因为善无畏在长安收的徒弟。他是汉僧一行，是大唐天文、数学的顶尖人物。

有科学精神的人在宗教里宿身，往往痛苦，因为天性要求实证。而作为此类人的师父，会更痛苦，因为论争不过徒弟，法便传不下去。

《大日经疏》明显是善无畏迎着一行的刁难而讲，虽经华丽文字的润泽，仍有剧烈论争的留痕，细看血迹斑斑。疏写成后，一行未及找到中意的传人，急病逝世，善无畏一门自此断绝。

善无畏的徒弟如果是别人，口传秘密恐怕不会落于文字，因为宗门禁忌，公开秘密，法昌人衰。昌盛了佛法，自损了子嗣福气。

宁可断自己一门，也要降伏此徒——违背来汉地宏法的志愿，说明善无畏跟一行较上劲，只顾眼前了。

与善无畏同时期来长安的还有一位印度僧人，名金刚智，依《金刚顶经》传法，没干过给《金刚顶经》写疏的事。善无畏以与金刚智平等互授的方式，将自己的法留存在金刚智一门中。

真言宗共善、金两系，善系隐没，金系兴旺，咒疯安、史的不空和尚便是金刚智弟子。兴旺亦不过数代，金系也于汉地隐没，墙外开花，日本真言宗的空海一脉是金系残枝。

或许，善无畏是有意为之，他看重的是法昌。传人总会渐稀渐衰，索性轻看人昌，给千年之后留一个回春契机。

到十量寺读过《大日经疏》，普门否定了"日僧咒疯慈禧"的推测。真言宗是依佛力加持的法门，要作法，看似道家召神引鬼的伎俩。但真言宗作法不是引鬼上身，而是与诸佛感应。

"安禄山、史思明发疯，苍生得救。慈禧心智失常，生灵涂炭，即便日僧有心作法，也不会灵验，诸佛慈悲，怎会加持恶念？我的想法外行了，真言宗与国人隔绝得太久，才会如此乱想。"

李尊吾："八国联军将天津屠城了，还在祸害北京。诸佛慈悲，为何坐看人世惨剧？"

普门转望山下："因为，是人世。"

动物间的天敌，是彼此恩主，万物的恩爱体现在万物相食，为何人要例外？人世如跷跷板，没有平衡，只有两头，总是一高一低、一好一坏。

寺院山门的哼哈二将，暗喻一呼一吸，表人世之相。人世的幸福如吸气，人世的不幸如呼气，幸与不幸的交替，是人世之相。破了此相，人世也便毁灭。

世间相常在，是生而为人的悲哀。

普门："山门是寺院的第一个殿，表的是世间相，之后的殿才表佛境。对于洋人侵华的世相，山门里早有说明。"

哼哈二将裸体，仅着一块遮羞布，如初生婴儿。殿中央为弥勒菩萨，左右是四大天王。弥勒菩萨衣着休闲，四大天王铠甲军装。

普门："弥勒与四大天王，便是汉人和白人。宇宙如千镜互映，汉地映着弥勒所在的兜率天，西洋映着四大天王天。"

汉人是弥勒种性，白人是四大天王种性。四大天王的神力以手持的伞、龙、剑、琵琶表示。四大天王可造成风调雨顺，也可流毒无穷——天王神物的造型为伞不加骨、剑不开刃、龙不点睛、琵琶不上弦，是避免失控的表义。

西洋是人性试验场，事必极致，不可收拾后，才骤然断废。白人貌如天人，性烈易偏，正是四大天王天的影现。四大天王的神物正如白人发明的科技，可造福，也可流毒。今日汉地，正为流毒所害。

弥勒是五亿七千六百万年后的救世主，现在兜率天中，召集人间智者魂灵，趣谈聊天。他降生后，男女婚嫁大大延后，女人过五百岁才愿意成家。他赐予人类超常的青春期，是其享乐天性使然。

汉人是弥勒种性，聪慧多才，爱艺术爱朋友，性喜享乐，满不在乎。也会误于享乐，难有成就。眼前汉人的萎靡、白人的恶劣，正是弥勒和四大天王的各自弊端，小小山门隐喻天下。

李尊吾："反清义军供奉弥勒号召民众。清廷歹毒，按其脾性，早该把寺庙里的弥勒像尽数毁去，怎能至今稳居山门？"

普门："清廷敢砍人头，不敢毁弥勒，因为弥勒不单是民众信仰，更是汉地最高学问。降清的汉人高官都有学术背景，晓得厉害，要费心维护。奉弥勒造反的人被杀了一代又一代，而弥勒始终是入寺所见的第一形象，清帝来了，也要跪拜。"

清帝改了弥勒形象，变成当今寺庙里"大肚能容"的胖子，一副自鸣得意样，禁绝了反清义军供奉的"白衣弥勒"。

白衣弥勒体格瘦削，散披长发，白衣宽松，是在书斋散衣而思的学者相。弥勒常召活着的智者梦入兜率天。唐朝玄奘法师到印度取经，所取的不是释迦牟尼法，而是弥勒法。早玄奘两百年，印度有僧名无著，梦入兜率天记录弥勒言语，整理为《瑜伽师地论》，开启了人间的弥勒学派。

玄奘所传的是此宗，得佛门各宗尊崇，其理论严密，是雄辩文体，影响汉地文法，凡读书人均尊崇。

弥勒信仰分"上生""下生"两种。上生是发愿死后去兜率天，玄奘法师是代表。下生是留在人间，等待弥勒降生，释迦牟尼首席弟子迦叶为代表，佛经记载隐居在中国云南鸡足山中，寿已两千五百岁。

元朝以来的民间举义，也是下生信仰的代表，每逢民不聊生，起事农民都宣称弥勒已降生，以佛威压过皇权。

下生之时，是忍无可忍之时。

普门："承接善金法脉，在日本墙外开花的空海，六十二岁辞世，肉身不坏，埋于高野山，遗言宣称在弥勒降生时复活——作为真言宗宗师，说出这等话，可想弥勒信仰之重。"

李尊吾："汉地与真言宗隔绝日久，空海生平，你怎知道？"

普门："自唐朝始，日本人视五台为圣山，直至元末，还有来朝圣的日僧，他们的话留了下来。十五六岁的我，对弥勒事迹，搜索如恶狼——因为四岁时，父亲告知我，我是弥勒降生。"

转过山岩，可望见邻山的喇嘛庙，金顶闪光，元代开始，五台山便有藏蒙僧俗居住。

普门驻足行礼，绽出孩子的笑："十三岁，我到了这，没有庙，只有前朝碎瓦。我从土里挖出一口钟，快饿死时，不停敲钟。敲得对面的大喇嘛受不了，派人过来问，我说我是弥勒降生，要建自己的庙，敲钟是召集天神山鬼出来干活。"

李尊吾："大喇嘛信了？"

普门："大喇嘛慈悲，派人天天送饭，还给我盖窝棚，这样活到十五岁。大喇嘛受蒙古牧民供奉，十五岁后，我也得人供奉，人越来越多，有几省范围。"

五岁时，普门家遭灭门，他是唯一幸存者，从此五官不再长，脑子也似被石灰淋过，想不了事。他一路流浪，睡坟场马棚，跟虫子、野狗玩，在垃圾堆里拣剩饭吃。

隐约记得父亲习武，或许是武人遗传，体质硬，竟活到九岁。九岁，两个健壮的大脚妇人找到他，一个叫红姑一个叫方姑，言："我们的佛爷啊，您受苦了。"

原来父亲是民间反清组织的道首，生下他后，定他为弥勒降世。这个组织拜"井"字符号，将北方地域划分为九个区域，各设一头领，父亲隐居在山西蒙古交界的河曲县城，开杂货店维生。门内规矩，只有九位头领能面见他。

这个组织在嘉庆年间已被摧毁，至道光年间，九位头领尽数被抓，仅道首漏网。普门家被查到，是长线追踪的延续，在全无防备的情况下被一夜灭门。

红姑、方姑是余党，在五台山看好一座残庙遗址，贿赂官员获得重建批文，计划寺成后聘和尚入住，让普门借佛隐身，做个僧衣道首。

去五台山路上，红姑、方姑遇强盗丧命，普门脱逃，又流浪四年，记起她俩说过的五台山残寺，便寻上山来。

普门得喇嘛周济，去汉寺里听经，不记得姓名，自称弥勒，成了一个不招人讨厌也不招人喜欢的疯孩子。十五岁时，又一股余党找到了他，他才知道，自己在北方底层贵如皇子。

拜井字的组织瓦解后，并不妨碍信仰传播，甚至更为有利。至今，乡间的茶会、船会、秧歌会、水会都拜井字。

大众已无反清之志。普门被找到后，得到广大供奉，他遍寻弥勒事迹，明白父亲定自己为"弥勒降世"，是希望自己举起反清义旗，但自己这代人只愿意出钱。

他伤感地想过："我不是弥勒降世，是个财神爷。"拿着信徒源源不绝的供奉，他只能不断地建寺造像。井字信仰的粗俗浅薄，令他备感无聊，沉迷于去别的寺庙听经，后来真的剃度做了和尚。

三十岁时，几个仍有反清之志的余部找到了他，以艺献主，他因而习得了武功。他们练的是形意拳，尚知道一些祖辈秘密。

井字代表的是古战场上的九宫阵，渗入民间，是为秘密练兵。水会的茶碗摆法是通信密码，秧歌会的集体舞藏有六十五种阵法，船会的踩旱船脚法是长柄兵器的发力法……乌合之众的义和团在津京路上阻挡洋兵，展现出平原作战能力，因为百余年来的民间节庆本是军训。

普门："第一代道首用心之巧，令人叹服。可惜，百余年潜移默化地练兵，只盼能与清兵抗衡，谁料后世还有洋兵！"合十低诵出一段真言，"拿摩，拔噶乏得、拔来佳、叭拉弥达呀，嗡，哈利提、吸里苏鲁达、维迦牙，司乏哈。"

语音清雅，有着边疆的辽阔。普门念毕，解说是《大藏经》上记录的真言宗真言——仁王护国心咒，安史之乱后，晚唐残民普遍念诵，祈祷国土安定。

众所周知，安史之乱后，是黄巢起义，之后是五代十国，连绵兵灾。

对于眼前的众生苦难，他只是念了念一个历史上无效的咒语。李尊吾觉小腿筋膜水母般扩张。他，是该杀的……

普门细如窄缝的眼皮内有着矿石幽光，斜行两步，与李尊吾拉开距离："蹿出草棚的一刻，你用的是形意功夫，但脚下已不纯，糅了别家。除了刘状元，你还受益于海公公。"

李尊吾一惊："海公公你也认识？"

普门："在热河京城的守洞人，向民间传艺的只有他。他有道家背景，却信了弥勒。他的使命是让清廷恢复江西道首的祈雨特权，享受宋明两朝的国师待遇。个人承办祈雨，便对民众有了号召力，可聚众谋反。清廷防民间如防虎狼，祈雨一定是官办，他永不可能完成使命。"

王府生活的无聊，使命的无望，令道家背景的他，信奉了弥勒，五十三岁来五台，拜见普门，奉献黄金三十两，列为弟子。

李尊吾维持着杀心，冷言："即然是你弟子，便告知他的死状，给你个交代。"

听到海公公吞兔而死，普门长叹："他不是我弟子了，这个死法，是背叛弥勒。"行到一堆瓦砾残片前，挑拨出个深口，"里面是白衣弥勒。你看一眼吧。"

瓦砾下有木架支撑，供一尊上彩泥塑，穿明朝斜襟长袍，以汉代的冕束发，不是佛教的盘腿之姿，而是坐在椅子上，垂腿交叉。

这尊大违佛规的弥勒像，唯一的佛教特征，是双手捧个舍利塔。舍利塔用来藏高僧骨灰，为印度制式。

普门："佛经记载，弥勒的前世是个深山修行者，将饿死时，一对兔母子决定以身肉供养他，在他面前撞石而死。弥勒宁可饿死，也不吃肉，殉死以报兔母子之恩。天神感动，将兔母子和弥勒一块火化，所得余骨皆晶莹如玉，没有人兽分别。"

弥勒托舍利塔的造型，纪念的是这段典故，拜弥勒的信徒常年吃素，绝不会吃兔肉。普门："海公公的死法，是弟子开除了师父，他对我失望了。"

如一个体衰的老人，普门哆哆嗦嗦掩上瓦砾："如果我到了京城，义和团战洋兵，或许能抗得久一点吧？洋兵有枪炮之利，但我们人多，五十个人换一个人，也还富余，或许就灭了洋兵……"

李尊吾："你本可以下山。"

普门脸上的高人气质褪去，全是痴呆："我只有武功，并没有法力。"

他解救不了天下危局，到了京城，也是凡人般战死。但他是弥勒降世，不能凡人一样战死。自尊，令他下不了山。

八国联军破京城的日子，他到十量寺疯狂翻阅《大藏经》里的真言宗法本，直至力脱昏厥。法本，或许本是个游戏，只是让不能安心的人消耗掉自杀的体力。

李尊吾想到程华安，他选择了凡人的死法……

普门："生而为人的悲哀，我先以为是幼年丧父母，后以为是饥饿，再以为是有辱使命……现在看，这些都是轻的，生而为人的最大悲哀，是老而不死。"

费尽口舌，交代民间的百年隐情，交代了他的一生，是早有死志。李尊吾沉声："既然你没有法力，只有武功，那就比武吧。"

普门："比武是人间隆重事，我不会手下留情。尽你所能！"足下发出锐如鹰鸣的擦地声。

长刀闪出道弧光。李尊吾顿住身形，回首见普门跌在瓦砾堆上。

普门左手失去三根手指，血溅土上，如小孩尿迹。他以袖子裹手，闭目自语："还要活下去么？"

李尊吾不再看普门，抖尽刃上血，下山。

凿石声响如瀑布，穿过雕刻场，李尊吾手托住肋骨，突然止步。普门有受死之心，可惜他高估了我的武功……

一口血喷在石像上，雕工转头，见一个夹刀背影长尾燕子般冲下陡如涌涛的阶梯。

5 往世之妻

五台山下一家客栈，李尊吾已躺三日。住的是西房，每日酉时，室内洒满橘红的光。他喜欢这颜色，似乎落日之后世界美好。

落日之后，是彻底黑暗。他已向店家交出所有银子，托了后事，店家会将他僧人般火化，撒入草料，喂猪或是喂马。

入世争名，不是我劈人便是人劈我，于死，早已坦然。断了饮食，死亡的一刻，人会大小便失禁，他不愿污秽地死去。

第五日，李尊吾望向窗外，太阳如一个高手，渐收锋芒，稳步退去，那么的无懈可击。自感灵魂抽离，将随落日而去。

嘎吱声响，门刺耳打开。

入室两个女人，闻过的味道，发丝抹冰麝油，杭州谢家粉行出品。是仇小寒、仇大雪姊妹。

她俩寻来不易，好在李尊吾的白亮胡子、窄片刀特征明显，尚好问。仇小寒似乎看不见他将死，似乎她来了，他就得活下去，无商量余地。

她一眼大一眼小的爹，是个行脚医，管三脉大山二十六个村。她自小给爹打下手，十三岁后比爹精。号过脉，她出门抓药，李尊吾察觉自己恢复了镖师的趴卧之姿。我——为何求生？

吃过药，她不让他睡去，说得提着神，最少半个时辰，请他讲故事。李尊吾问："你说，人有没有前生后世？"

名山不出名僧，难保盛名。三百年来，五台山靠憨山和尚扬名，在书场，他是个承担恶报的人，此本叫《五祖戒祸红莲》。

宋朝，有位小庙住持叫五祖戒，收养了一个扔在庙门口的弃婴。是女孩，起名叫红莲，长大后，遭五祖戒诱奸。此事暴露，五祖戒自杀。

五祖戒转生为大诗人苏东坡，前世宿习，苏东坡爱将僧衣做内衣穿，爱在诗中述禅理。此后转生，一世不如一世，终于受了大苦，方知忏悔，再转生做个了勤勤恳恳的和尚，便是憨山大师。

仇小寒："好故事，劝人向善。人都有前生，你怎么想咱俩前生？"李尊吾哑声。仇小寒："前生的事，今生有照应。处久了，你我会知道。"像夫妻一样，跟他商讨起日后去处。

李尊吾的镖局，在京西七十里的贯市，略积家财，但贯市已遭洋兵烧杀，毁成废地。仇小寒："来五台山的一路，我见为防洋兵西进，各村各镇都在请武师开拳场，不敢再搞义和团的装神弄鬼，实打实地练拳脚。凭您武艺，还怕没去处？"

李尊吾想起个恶村，高价聘拳师，好鸡好鸭供着，哄得拳师把武艺掏光，结账时赖账，整村人抡锄头，把拳师打跑。

仇小寒蹙眉："真恶啊。"

李尊吾："咱们去那里。"惩恶的豪情。

仇小寒脖颈的红晕升至脸颊。

李尊吾心道：我在做什么？

吃过一月药，到达峡右村。路上听闻慈禧太后跟洋人议和，已有王公贝勒回京，天下大乱似乎就此而止。

峡右村尾咬尾挤着三百家户，俯视如盘蛇。屋顶有箭垛，房与房间有跑道。如有敌进犯，屋顶上射箭，无弓射死角。

村民北人南相，身材高挑而五官清秀。入村后，三人被五十人堵住，很快来了村长。李尊吾表明来教拳，村长："好啊！孩子们好久都没人教了，早盼着您来。随行的二位是您闺女？"

李尊吾："我夫人。"

村长："老哥，福气啊！凭两位夫人的漂亮劲，就知道您必有高功。"质朴的脸上满是歹笑。

农民都爱拿男女事打趣，而村长猥琐的话，并没有引起哄笑，此村村民如等着军令的士兵，不起反应。村长："我是服了您，但孩子们没见识，不给点实在的，认不出好。"

李尊吾："想看东西，就上来吧。"

村长："你要输了。放你出村，够仁义吧？"

李尊吾："仁义。"

村长："只是孩子们大了，村子偏远，娶不上好媳妇。你走，两个女人留下，我保证选出两个最好的孩子配她俩，不糟蹢东西。公道么？"

李尊吾："公道。"

走出位青年，持锄抢劈。李尊吾让过锄锋，左臂磕锄杆。青年如遭电击，跌出五尺，坐地上发蒙。

村长："老哥，真漂亮！问您一句，十个人上，扛得住么？"

李尊吾："那我就没法留余力了，十人里得死五个。"

村长："一百根锄头您扛不住吧？"

李尊吾："对十人，我说的是空手。没说动刀。"

村长做手势让村民后退，抱拳行礼："您肯定是位成名豪侠，我们小地方不知道，冒犯了。"换成一副老实相，"我们村折了几位拳师，您是替哪位讨债来的吧？您说个数，我补偿。"

李尊吾："礼金三十两。"

村长："立马凑出来！"

李尊吾："不是这拿法。先拿十两，余款年底结账。吃住你们负责，一个独门院，隔日有鸡鸭。先教一年，没学够，咱们再续。"

村长失声："您是真要教拳？"

李尊吾："啊。"

北方农村习俗，院里铺砖，房里不铺砖，为土面。房分里外间，里间无窗，白日暗如夜。仇家姐妹住外间，李尊吾住里间。

里间和外间无门，隔道半截布帘。半夜仇小寒醒来，去了里间。李尊吾还是趴卧之姿，翻身而起，眼里飘雾，认出她。

她将蹬落的被子盖好，顺手捶起李尊吾小腿，自然得不能再自然。吃药的一个月，她常给捶腿。形意拳功夫在腿上，病时难受，烈于风湿。

她："白日里，怎么说我俩是你夫人？"

李尊吾："不能说闺女。闺女得待家里，不抛头露面。"

她："噢，这样。"身子向床内缩，女性的体温似有药力，"这村人不是善类，我待着怕。咱们走吧？"

李尊吾："我——老了，想收徒弟。"

师父当年收我，是看上我的骨头架子，我师弟沈方壶论聪明强我一分，论骨架差我一分，结果师父传我不传他，收他为徒，是给我备个拳靶子。

但沈方壶的骨架，也是万里挑一，我入世争名二十五年，看遍各路人物，竟没人强过他！

"这村古怪，随眼一扫，尽是沈方壶骨架。"

仇小寒笑道："刚刚您这神情，像极了骡马市上的马贩子。"早注意到她是单酒窝，双酒窝喜兴，单酒窝俏，双酒窝女人旺夫旺子，单酒窝女人有奇缘……

她问，你发誓不留绝技、不留财产、不留孩子，怎么教徒弟？李尊吾说教八卦掌，为形意拳守秘。

闪出道凶光。

"我想过，借着教八卦，把形意也教出去。这念头让我害怕，但止不住一遍遍想……师父眼毒，看定了我是轻浮人，沉不住气，也藏不住艺。"

拜师仪式在村里祠堂举行，聚了七十位青年。李尊吾来后，道："要这么多人干吗？"挑出两位，"别的都退了吧，这俩给我递拜师帖。"

村长："交那么多银子，就两人学？"

李尊吾："我是教拳，不是练兵。"

村长："以前来的拳师都是整村教。"

李尊吾："你们村没来过好拳。我的拳精细，教两个，还怕忙不过来。"村长屈服，退了众人，留下俩青年。

供台上摆的牌位写"董应天"名号，是海公公本名。村长向李尊吾禀告两青年家世，李尊吾宣读八卦门门规，收下十八折的拜师帖，受磕头大礼。

村长教训："日后办喜事，要请师父来，师父是再生父母，不能收师父礼金。知道么？"两人答知道，完成拜师礼。

两人一名邝逐貉，一名叶去魖。

貉与魖指侵华蛮族——李尊吾问村长："还不知您姓名。"

"姜御城。"

心中有数，此村人是边防军后裔，不是泛泛的充军之辈，而是千选精兵，甚至是一朝一代的顶级武装，否则不会血脉迭传后，仍骨架卓绝。

来着啦，我捡了大便宜……

6 禅病悲魔

邝逐貉、叶去魈清晨三点来学拳。远山有虎啸，虎啸早于鸡鸣。

第一天学艺，两人拎来野鸡、野兔、大枣、栗子。李尊吾阴了脸："你们是学拳，不是走亲戚串门。拿回去！"

两人小跑放回家，再来，李尊吾道："难得你们有孝敬之心，东西我收了。"两人立刻往家跑，取东西返回，院门已关，李尊吾在院内喊道："来来去去，真是蠢物。"

中午，村长来赔礼道歉，说让他们两家准备更重的礼。李尊吾："我跟这村的关系，就是先收十两、年底收二十两，别的不要。我折腾徒弟，你别管。"

次日三点，邝逐貉、叶去魈空手来，战战兢兢入院，李尊吾："一点人情刁难，就晕了头，你俩学不了拳。滚！"

邝逐貉愣住，叶去魈怒吼："不学啦！"转身跑走。李尊吾眯眼，相马般追看，许久才收回眼光。来来回回，是要看跑姿。

叶去魈跑起来后背如帆，天生的，十年苦功也练不到。

邝逐貉不如他，但这孩子有贵气，命好过他。晨气薄凉，想起夏东来，李尊吾竟想落泪。难道真老了，经不起狠事了？

李尊吾："你有位师兄，今天教你的，跟了我十年才教他。"说出京城房顶上说给夏东来的践步。

得艺后，邝逐貉归家封门秘练，父母不能看，送饭要敲门。七日后，邝逐貉被人用担架抬来，小腿肿大，落不了足，已同废人。

李尊吾没让担架进院，检查后说："小腿肿成这样，也没伤膝盖，你是个人才。要伤了膝盖，你我就无缘了。"给了药方，让养好后再来。

二十日后，邝逐貉来了。李尊吾叹息："伤到哪儿，哪儿便是宝贝。可惜你不争气，七天便伤了，如果伤到大腿根，你就捡了大宝。"

邝逐貉扑地磕头："谢师父赏艺！"

李尊吾轰他出门："形意门没有嘴甜的人！十天练不出样，你别来了。"

邝逐貉开跑，急着回家封门练艺。

十日后，邝逐貉再来，李尊吾满意，让他模仿婴孩学步。

婴孩要找绝对重心线，总是头部笔挺，往往后仰摔倒。随年龄增长，不再求绝对，与世事一样，能混过去便混过去。人成年后，多是脖子前倾，探头探脑。低头猫腰，容易站稳，驼背的人照样走得快。

邝逐貉脖颈后展，进入未知世界的忧色。头部正直的恐惧，如站悬崖。李尊吾："从头开始，再世为人。"

十日后，邝逐貉上门，有了沉稳气质。李尊吾教授，形意拳之劲，是调配重心线的整体力，而非抡臂抡腿的关节力。

"人爱偷懒，觉得歪头斜腰舒服，不知挺拔才能偷大懒。早年游泰山，看挑山工背石头，有一上千仞的耐力，奥妙在身姿笔直。挑山工省力之法，便是形意拳劲。"眼角余光扫向院墙东侧，排水方洞可容下个人头。

峡右村务农，补贴生活靠打鼬。北方名笔的狼毫，不是狼毛，是鼬毛。鼬，即黄鼠狼，俗称"黄大仙"，据说活过八百年可成仙，活过四十年有法力。

邝逐貉练仰头顶身，渐有形意拳韵味，心里盼着另一件事。不久，不信邪的峡右村有了第一个被黄鼠狼迷的人。

是弃学而走的叶去魍。

他忘了自己是叶去魍，不睡觉也不吃饭，眼神贼亮，唠叨不停。照此趋势，必将耗干精力而死。村长带人绑了他，乡下对付疯病的办法是喂牛粪，引得大吐一场，往往能好。

不料他连做几个仰头蹲膝的古怪动作，崩裂绳子，飞奔而逃，跑姿甩头甩臀，如一只黄鼠狼。

从此他夜宿山林，饿了便入村偷食，动作快如闪电，以村民之强悍，拿他毫无办法。

一日清晨，仇大雪懒觉未起，仇小寒陪李尊吾在院里吃早点。李尊吾说起捉黄鼠狼的法子。

先捉个蛤蟆，喂颗盐，会叫不停。用锤子把一根尖头木棍打到土里，拔出棍来，便造出个窄而深的洞，将蛤蟆投入。蛤蟆叫，能招来黄鼠狼。黄鼠狼有缩骨本领，钻鼠穴蛇窝习惯了，会一直往里钻，直至身子卡得动弹不得。

院东墙，排水方洞里，卡住了叶去魁。

早知叶去魁偷学，李尊吾告诉仇小寒："得了我东西，邝是伤筋损骨，叶是心神大乱。叶的资质在邝之上。"

押叶去魁去柴房，打了他一顿，好了疯病。

习武后热气上脑，越聪慧越会疯癫。此时无道理可讲，乱揍，方能歇下狂心。和尚坐禅，也有此现象，称为"禅病"。

憨山和尚在五台山自修，猛然亢奋，数日不睡，写下三百余首诗，自知禅病来临，感慨："可惜禅宗已衰，当世找不到一个打我的人。"

次日，叶去魁拎大葱、熏羊腿、两条鲤鱼，在邝逐貉陪同下，来学艺了。

叶去魁骨架是坐在马上的最佳比例，短促冲锋具爆发力，长途追击不易疲劳，古时可当将军……想起自己和沈方壶，如挡敌人来拳，李尊吾猛抬臂，衣袖遮住面颊。

三四秒，泪方滴下，似过千年。

是悲魔，原以为二十二年前已克服。天道伐优，以保证人类的低劣。天才必有毁身冲动，称为悲魔。

二十二年前的一日，陷入婴儿初生的悲伤，流出许多汗，缩在墙角，湿得像条蛇。他想杀死自己，扎好绳套，扔上房梁。脖颈伸入绳套——门开了，走进师父。

"你干什么？"

"……干点事。"

"呸！"

师父一声断喝，震落了他的悲伤。

二十二年后，悲魔还是来了。抬起的胳膊不敢放下，以臂掩面，李尊吾退回屋里。

7　粘杆处

憨山和尚文集记载，悲魔重时，见蚊虫飞过，像见到亲子离散，会把人哭死。李尊吾三日没起床。

多次梦到一个保定府的窑姐，他经历的最后一个女人，那年他四十二岁。她乳头黑如炭，叫床似杀猪，但——她很好，好得想把她赎出窑子，一直睡她，直到把自己睡死。

他没赎她。他的命，是留在比武时死的。如斩断敌人兵器，他告诫自己，女人平平无奇。

第四日，村长带群村民闯进屋，不少人眼角挂血，偏一分便瞎。赶他们进来的是根竹竿，女人手指般纤细，三米半长，竿头套枪尖。

院里有百十杆竹竿，持竿的人穿藏袍，受贬黜的太监崔希贵站在中间，厉声喊话："李尊吾！你京城里砍洋兵，砍得太多了，太后跟洋人议和，俄国、英国都要你人头。我得给太后解忧，绑你送给她老人家。"

立了这功，或许能回到太后身边……心里幻象，太后拖着长音说："还是小贵子最顶用呀！"为得到这一声，崔希贵情愿死。

他带队入村，说抓朝廷钦犯，曝出李尊吾罪状，不料遭村民抵抗。他带的人，枪尖专挑眼睛，夏日粘知了般，一路打得村民捂眼蹲地。

崔希贵："李尊吾！你劝乡亲别打了，打不起。我带的人是粘杆处。"

粘杆处？不是绝了么？

粘杆处又名血滴子，原本是皇宫王府的杂役编制，伺候皇族少年玩的，粘知了、钓鱼、斗蟋蟀。粘知了，用的是御米——皇族特供的红色糯米，安在竿头，状如血滴。

百多年前，雍正当朝，粘杆处变为特务组织，手段阴损，百姓视为地狱鬼卒。乾隆当朝后，更改了雍正许多政策，包括弃用粘杆处，将老特务们发配到距京百里的灵山做农户。

崔希贵："粘杆处在山里憋了百多年，粘知了的手艺没落下，刚才只是给眼角破破血，真要戳眼睛，一戳一个准。"

村长抢话："就算成了瞎子村，下一代小孩生出来，眼睛照样光亮。这人是义士，绝不能让你交给洋人。"

粘杆处卸下枪尖，竹头刺了四十多双眼，夺下李尊吾。

能说动粘杆处帮手，是崔希贵承诺重获太后欢心后，将他们编入蓝旗营。蓝旗营护卫太后常驻的颐和园，一兵的待遇可养八口之家。

出村时，蹿来两人拦路，跑姿豹子般漂亮。是邝逐貉与叶去魃，眼肿如桃，挂着血，刚缓过来能看清东西。

粘杆处领头叫阿克占老玉，阿克占是满语的"雷"，满人名里常带"玉"字，经年的老玉值钱。是个尖鼻吊眼的狐面大汉，正处四十岁精壮年头。

李尊吾向他讨饶："他俩眼睛已受伤，再做拼杀，气血上冲，会瞎的。"

阿克占老玉："是，两人良才，可惜了。"

李尊吾高喊："你俩身上有我的艺！艺比天高！滚！"他想起往日教拳的情景，把两人赶走。

距京三百二十里，有个赵家庄，其实只一户赵家，其余四十户都是赵家佃户。赵家气派不弱于京城大户。

听闻太后西逃在这歇过一夜，崔希贵要到太后睡过的屋外磕个头。后宫大总管造访，赵老爷设宴款待，饭后哭诉："大总管给我解难了！"

赵家有女初长成，太后入住那晚，是她灾日。西逃路上，太后和皇上有了共苦，母子关系缓和，有愧于杀了皇上爱妃，竟将赵家女封为妃子，许诺大难过去，皇上一回宫，即接她进宫。

临走，留下一位老宫女一柄剑，如洋人打到赵家庄，便奉旨将赵家女刺死。

知道皇上心性，对太后此举只会厌恶，绝不会接回宫，怜惜女孩命薄，崔希贵口中却说："洋人打进北京，你成了皇上的老丈人，因祸得福啊。"

赵家老爷堆笑："皇上走了大半年，不会把这事忘了吧？"

崔希贵忙道："不能够！把心放到心窝子里，皇上忘了，太后也忘不了！"

赵家老爷掏出叠银票："不管忘没忘，您都给提个醒！"

贪官的钱可以拿，女人小孩的便宜绝不占，是崔希贵多年作派。明知女孩这辈子毁了，拿钱亏心，故意发火："你把宫里当成县衙门啦？"

赵家老爷赔罪，哭得一脸鼻涕。

崔希贵还是做了件善事，在赵姑娘屋外磕了个头。这个头下去，赵家能安心半年吧？

距京两百里的保定，塌了城墙，做卤煮鸡的马家铺子重开张。京城南大门城楼给炮火轰去一半，如斩首后的脖颈，做猪肉的砂锅居恢复营业。

太监生理伤残，容易焦躁，久熬的肉汤可疏通肝火。母猪膘肥毛孔大，吃猪肉讲究吃公猪。一般公猪自小阉割，为长肉快。砂锅居则用未阉割的鞭猪，是猪肉顶级。

崔希贵是老客，入京先入砂锅居。太监间实行师徒制，崔希贵徒弟众多，拿着孝敬钱，赶来汇报朝廷事。

洋兵占了皇宫三大殿，劫掠宫内珍宝，未骚扰后宫。妃子保住名节，太监保住私财。日本警察在维持治安，去玉泉山拉水的皇家骡车队现恢复，每日从西直门出入。

太后皇上还在西安，尚未归京，跟洋人谈判的先是李鸿章，后是荣禄。谈判结果是：

支持义和团的端郡王载漪、辅国公载澜判斩监候，庄亲王载勋、左都御史英年、刑部尚书赵舒翘判自尽，山西巡抚毓贤、礼部尚书启秀判处斩。赔款四亿五千万两白银，三十九年还清……

赔款未割地，大清又逃过一劫。

十二条正文和十九条附款中，并未提到李尊吾。难道消息错了？

砂锅居旁，是庆王府，遭洋兵抢劫，大门被毁后未及修好，王爷王妃已迁走。王府总管太监是崔希贵徒弟，调出二十间屋，供他们一行人入住。

隔一日，再上砂锅居。皇宫的太监问清楚了，要李尊吾人头，是联军统领瓦德西个人意思，对李尊吾的通缉令下发到各县衙门，但上不了和约——终不是大事。

"您要上交他，能领到五十两银子。"

阿克占老玉和崔希贵同时爆笑，止笑时，眼角均有泪。"为五十两，不至于。""不至于。"

崔希贵道歉："粘杆处入蓝旗营的事，无望了。"掏出叠银票，阿克占老玉没话，抬手收下。

崔希贵："粘杆处的人不全像你们这么倒霉，南方还有粘杆处。"

清朝初立，依照明朝规矩，任寺庙自治，南方寺庙成反清据点。雍正当朝，从粘杆处选出百多人，剃度后派往南方顶级寺院当住持，从此佛地归了皇家。

粘杆处的老辈人口严，这个前朝机密，阿克占老玉并不知情。

崔希贵："寺庙有田地商铺，是住持私产。入蓝旗营无望，南方大寺是你们粘杆处的人把持，可去投奔。"

阿克占老玉："百多年前的事了……"

崔希贵："总比灵山放牧好。"

阿克占老玉走后，王府护卫押李尊吾到砂锅居。崔希贵是军机大臣的气派："历代王法均止于寺门，出家便可逃罪。大清雍正皇帝去了这默契，此路不通。"

也没法放他上山当土匪，崔希贵虽是受贬之身，这么走，辱没王法。放他出海，亦不行，越境亦是违法。

出家、出海、上山，都不能走，剩下"入堂子"一条路。

堂子是妓院，妓女的跟班叫"伙计"，是男人最下贱职业。官府惯例，逃犯当伙计自辱，往往便不抓了。

对李尊吾的通缉，雷声大雨点小，看似外交大事，悬赏却不过五十两。朝廷斩杀数位王爷，向洋人谢罪之事已做漂亮，次要小事能赖过去。

李尊吾答应。

崔希贵："砂锅居一天只做一头猪，从没有过晚餐。砂锅居饭局不过午，话说完，咱们就散了吧，不坏人规矩。"

李尊吾："你怎么办，还拿什么讨好太后？"

"过去。"

8 堂子

庚子之乱，八国联军挨门挨户强奸民女，信教的人家亦不能幸免。治安稳定后，京城先恢复妓业。妓院多隐于胡同，不易寻找，洋兵爱两两结伴，两人共嫖一妓，给带路人小费一份。各嫖一妓，要给带路人两份小费。

小费标准是一块墨西哥银圆，老鹰叼蛇的图案，已在中国流通五十年。街头闲人碰上洋兵问路妓院，中奖般喜悦。

领着洋兵在街上走，遇上熟人略羞愧，会自嘲："老天赏饭！"熟人会回应："赏了，就接着吧！"

洋兵们去的是"窑子"，简单出卖肉体，有着北方的质朴。"堂子"是南方话，来自江浙的女子居于京城妓业顶端，以才艺勾摄富贾高官，上堂子是风雅事。

堂子中，有许多只说笑不留宿的客人，视堂子姑娘为正常人际，逢她们生日、节庆日要出资宴请，在声色场中，行朋友之道。

中国社会的主结构是君道、师道、孝道，其活力在于友道。君以臣为友、官以民为友、父以子为友，会政治清明、文化隆盛。

洋人说中国人过于世俗，是无信仰的国度。洋人错了，中国是趣味的国度。

天界、人间、地狱，是"诸趣"。妖兽、罗汉、佛祖，是"诸趣"。活着的关键，是决定自己在哪一趣上。天界男女的情欲，仅相视一笑，或手指轻触，便获满足。中国有许多在人间行天趣的人。

腋下夹着尺子刀，李尊吾入了堂子。做伙计，对十七八岁青年也要称"老爷"，叫"少爷"犯忌讳。对姑娘称"老"，按照堂子地位，称为老几。

堂子中凡人均称"老"，给所有人以地位，不欺年少不欺势小。李尊吾分给老五，一位苏州姑娘，称他为"我的相帮"。

一日，老五晚宴后，让客人留宿。才知姑娘不沾性事，留宿客人，是另外安排房，让跟人代替自己陪睡。跟人，是平日伺候的丫鬟。

过了一个月，李尊吾甚至喜欢上这里的生活。仇家姐妹寻来，说会伺候人，求给姑娘当跟人。唉，她俩总能找到他。

她俩不懂，跟人要陪睡。李尊吾找堂子主人，请给她俩按姑娘待遇，开个独门套房。堂子主人爽快安排，给崔希贵去封信。

堂子的业主叫"本家"，一位福相的胖老太太，居京三十年乡音不改，酥软里有硬茬的杭州话。信里说李尊吾要养两个女人，二女灵秀聪颖，惹自己喜爱，愿意无偿接待，希望久住。

崔希贵没回宫，住东直门木材场旁的小庙。隔几日，崔希贵派人送来五十两银子，是位乔装太监，询问二女状况，说好以后的花费记账，半年一结算。

本家："我到木材场找崔大总管要？"

来人："千万别！您那封信把大总管羞坏了，到时候，我来！"

她俩不该在这，她俩有家可回，有身子可嫁。李尊吾由老五身边调给她俩，晚上不去伙计们睡的大厅，去她俩房。

她俩不接客，没有跟人，独门套房里有一张招待客人抽鸦片的罗汉床，是他睡处。相隔七尺，是她俩睡处。

平静二月，堂子来了嫖皮。

客人初次来堂子，可以"点班"——在茶室对众姑娘过目，如看不到中意的，可离去，堂子不索钱。

无钱者会利用点班规矩，来过过眼瘾，这类人称为"嫖皮"。做伙计的，要有识别嫖皮的眼力，谎称姑娘们生病，拖延不露面，令其无趣而走。

这家堂子从没来过嫖皮，因不开门揽客，客人都是私人介绍而来。此人是位高官介绍，衣着华贵，不会是过眼瘾的，看过所有姑娘，都不满意。

本家找上仇家姐妹："我不指望您二位，但客官发了狠话，不让有剩余。帮个忙，证明咱们这儿真没有他能看上的人。"

姑娘去点班，要由伙计带领。李尊吾入茶室，报过仇家姐妹姓名，抬头便呆住。来人身材矮小，头颅饱满，面部刚硬。

是弃徒夏东来。

点班，是为点出他这个师父来。

当初赶他走，下语刻毒。此徒忠诚，只是志向小，跟着自己，如同有主的小狗，什么事都不多想。赶走他，是成就他。

夏东来："不好再叫你师父，称李先生，可以么？"

李尊吾："您怎么说，我怎么办。"

当伙计习惯了，开口即自贱。

多年师徒关系中，从不曾有过的感觉。夏东来品口茶："李先生，跟着你的日子，我吃而无味，睡而无梦，离开你，才知世上的好。"左脚搓地，擦出尖厉一声。

是教给他的八卦掌"搓绳之秘"。

夏东来："李先生，现今咱俩称呼改了，但你实实在在教过我，我欠你的。"

李尊吾："不提了。"

夏东来："我给你挡过刀，挡过子弹，该还的都还了，只欠一记谢师锤。"

徒弟打师父，美其名曰谢师锤。为防备徒弟，师父要留一手不教，徒弟更要打这一架，不打不知师父留了什么。

李尊吾："树生虫，虫吃树，是世上常态。动手吧。"

第一次杀人，周身是冷的，冷了三十年。老龙头火车站刀劈俄国兵，感觉不出身后的夏东来是冷是暖，他武功弱，意志更弱，只会跟着自己……

夏东来站起，腿贴椅子，迟迟迈不出步。

李尊吾冲上。

嘭——室内并无此响，是脑骨震动。夏东来横在地上，身下是碎如散柴的椅子。多年余威，他还是怕我，发力未能落实。

夏东来起身，赞了声，肺痨病人般喘气，指向仇家姐妹："她俩，我要带走。"从未用过的嘲讽语气，李尊吾听见自己说："你有这本事么？"

"有。"

夏东来掏出张照片，仇家姐妹和一位中年男人的合影。她俩满族婚妆，贵若皇妃。男人左眼微眯，右眼狠毒，长期开枪瞄准的结果。

听仇小寒说过，娶她姐妹的男人，是在冰窖胡同开照相馆的。夏东来表白，现在照相馆就职，来接二位主母回家，老爷在家等着。

老爷？

堂子里，称每一位男人都是老爷。社会上，能用这个词的人很少，仅限于官员、举人、族长。又用上嘲讽语气，李尊吾听见自己说："你管照相的叫老爷？"

夏东来："他是盖世人物，朝廷大臣比不上他。"

李尊吾："真敢说，你见过朝廷大臣么？"

夏东来："没见过，大清国糟烂成这个样子，知道他们的分量。"向两女作礼，"请收拾衣物，我们走。"

拦不住，她俩本是别人的女人。仇小寒扫来一眼，如躲暗器，李尊吾闪头避开。

9 误国

> 一滴水，
>
> 从大海出，又回到大海，
>
> 恶劣的人不理解，
>
> 我的，只是我的。

茶室里备报纸，《万国公报》上登的一首葡萄牙诗人作品。许多京城人认为，欧洲只有法兰西和英格兰，"葡萄牙、西班牙"是英国为向清廷索要赔款，虚构出来的国家。

仇家姐妹走后一个时辰，李尊吾还坐在茶室，感觉不到饥饿与呼吸。他不敢动，悲魔更深一层，是"举悲成狂"，会自称佛祖，上街传道……

本家来到茶室，眼光柔弱至极："义和团的大仙爷躲在堂子里——知道这消息的人越来越多，您还能待多久？"

李尊吾抬眼，眼中无力。本家却像受了威胁："我不是那意思，崔大总管给结账，想住多久便多久。我是心疼您啊！老爷们心里烦，找女人没用，得找朋友。"

堂子规矩，人走要留下个东西，骗门神，人还回来，否则有灾。想了想，留下尺子刀，李尊吾离开堂子。

本家站在大门口相送："咱俩是一个岁数的人，以后，我当您是个老哥哥，您当我是个老妹妹！随时回来！"

她落了泪，成功赶走了他。

东直门木材场旁，有座小庙，是崔希贵的暂住处，海公公旧居。庙门口有片百米空场，土质松柔，适于跺脚发力，当年海公公在这教的程华安。

李尊吾找来，崔希贵差点没认出他。相貌未变，气概全无。

崔希贵在吃夜宵。夜宵，是他的睡眠。主子半夜醒了，得候在床前。每日就是打几个盹，长则一袋烟，短则十来秒，几乎躺不到床上。

几十年值班，习惯了夜宵。胃里舒服，等于睡了一觉。今晚夜宵是锅肉汤，桌上是两副碗筷，他本有别的客人。

崔希贵骂本家贪财不办事，要李尊吾还回堂子。李尊吾知趣告辞，刚出门，到了客人，持根走远路的齐胸高木杖，瞳孔浅蓝，连鬓黄须，肤白似洋人，惊叫："李大哥！"

李尊吾定住，记不起是谁。客人笑了："我长成这样子，不好忘了吧？"

李尊吾恍惚："在老程家见过？"

"是啦，我是王午。"

关刀王午。关刀，是卖艺之刀。江湖艺人按关羽的青龙偃月刀刀形，铸成百斤铁器，耍力气表演。

北方用刀的四大家，是"李沙马王"，李尊吾居第一，沙是皇家禁卫军虎机营教头，马是武卫后军统领董福祥的贴身侍卫，因身在高层，不现民间，只传其名。王午凭一把卖艺之刀排在第四，因为民间名声大。

十年前，程华安一时兴起，撮合第一刀和第四刀见面，但李尊吾和王午不像程华安是爱友善谈之人，见面后都很持重。李尊吾说王午相貌似洋人，王午干笑两声——这是他俩仅有的对话，程华安为避免冷场，一直在说城里新闻，谁也没谈刀。

现今，两人都是年过五旬的老人了。

王午咧嘴笑，齐整白净的好牙："李大哥，你这是要走么？崔总管，怎么能让李大哥走呢？他在，我们四大刀就凑齐了！"

李尊吾："沙、马也来么？"王午将李尊吾拽进屋去。

肉味醇香。崔希贵一脸不欢迎，嘱咐李尊吾，这锅肉是单为招待王午，您要坐下，喝酒可以，别动筷子。

如此无礼，还是答应了。

想不到四大刀凑齐，是在自己最弱的时候。他的身体曾奔跑两夜无倦怠，穿林燕子般闪过飞刀……

王午独自夹肉："李大哥，你是一个我怕了十年的人。老程家见面后，我大片大片地掉头发，吃了半年药才好。"

李尊吾："沙、马真要来？"

王午："沙、马已经在了。"自腰襟摘出一物，安在木杖上，是个尺长的刀头。刀头与长柄分开携带，即用即拼，是宋朝开始的用法。

裹刀头的是块鹿皮，扔到墙角，如个被砍去脑袋的犯人。王午轻弹刀刃："沙叫沙丁，马叫马俊，我是在他俩死后，才知其全名。他俩被此刀斩杀。"

一九〇〇年，义和团烧教堂攻使馆，引来八国联军祸乱京津。闹义和团，缘起于一八九八年的戊戌变法。

慈禧太后监督，让光绪皇帝主政，展开改革。百日后，慈禧杀了辅佐光绪的六名臣子。受一个叫康难赫的人蛊惑，六臣企图发动兵变囚禁慈禧，彻底交权。

洋人心恶，无人信教，便吸收混混入教以打开局面。康难赫心恶，没有让士林信服的才学，用空头理想争取青年，凭着在青年中的大名，获光绪皇帝召见。

崔希贵有着淡淡欣慰："或许不及洞察此人险恶，但皇上天性高贵，对此人气质，本能反感，一见之后再不召见。"

变法，首先是权力格局的变动。变法之初，执掌军机处大印的翁叔平、洋务派领袖李鸿章一个被罢官、一个贬去地方，朝廷中枢需要一个重量级人物补充。

此人是湖广总督张之洞。

清朝内阁只是例行日常事务，军政大事的决策权在军机处。军机处设军机大臣和章京，章京协助大臣。光绪皇帝派谭状非、杨锐等四位维新派人士当章京，用秘书架空了首长，掌握军机处实权。

四章京多是张之洞系统，谭状非是其部下之子，杨锐是其得意门生。以四章京改变权力格局，是变法的第一步，以张之洞入京主事，稳定局面，是变法第二步。在这个朝野皆明的步骤里，没有康难赫什么事。

但权力之外还有舆论——这是当时新情况，太后和皇上对此都没有认识，在社会舆论上屡屡出错。

康难赫掌握着舆论，他的弟子梁饮冰时为第一社评人，《时务报》主笔。公开议论时事，前代未有，对民众是绝大刺激，梁文一出，海内争睹。梁文抨击时弊，点缀西方知识。合了青年人好恶心强、求知欲强的胃口。

皇上也是青年，喜读梁文，又有疑虑，因为自小受的训练是：君王之道，超越常情。处理国事，不是凭的恩怨是非，而是轻重缓急。

崔希贵："报人文采和重臣才干，毕竟是两码事。为看准梁饮冰，皇上召见了他。结果与康难赫相同，一面之后，无兴趣再见。"

康、梁二人被排除在变法之外，但在民间营造错觉，康难赫称，光绪皇帝两三日便召他夜入皇宫，大讲宫中细节。

皇上听说，派他去上海主持《时务报》，等于赶他出京。

他竟赖着不走，皇上也没强制。谁想他不走，是要凭三流乡绅的头脑，学做历史上的篡权奸雄。

军机处四章京从政经验浅，背后坐镇的是大臣张荫桓。在张之洞来京前，他邀请日本前首相伊藤博文来京见皇上。

戊戌变法以日本明治维新为蓝本，伊藤博文是明治维新的操盘手。张荫桓建议，伊藤博文可做变法顾问，甚至组阁做总理大臣，以分化张之洞权势。

封疆大吏来京、外国首相应聘、京师大臣弄权，令慈禧太后觉事态复杂，怕光绪看不透，从颐和园搬回京城。听到康难赫大讲后宫细节，慈禧震怒，下令捉拿。却发现一直赖着不走的康难赫，竟已出京，他弟弟也不知情。

接着查到一道奏折——《时局艰危，拼瓦合以救瓦裂》，奏折还有个附件——《请探查窖藏金银处所赈工掘发以济练兵急需》。

奏折言，中国必被西方列强瓜分，所谓"瓦裂"。与日本组成一个国家，对抗西方，才是中国的生存之道，"瓦全"即中日合邦。

奏折再荒谬，也是构思，不会获罪。比如，谭状非认为青海、新疆荒凉无用，奏请卖给英俄诸国，所得金钱大力发展城市经济，是改革捷径……只要皇上不准奏，便无罪。

《瓦合》奏折，皇上准了。国体巨变，竟没跟太后商量。太后警觉，再看附件，断定是政变。

附件讲掘金。一八六〇年，英法联军侵占北京，烧了皇家三山五园。万寿山、玉泉山、香山和清漪园、圆明园、畅春园、静明园、静宜园。

民间传说，废墟下有皇家秘密金库。附件奏请袁世凯率北洋新军三百人入京，赴圆明园废墟掘金，以弥补军费亏欠。

皇上也准了。

圆明园废墟接近太后居住的颐和园，以一个民间传言，调来西式装备的新军，劫持太后的意图明显。康难赫秘密出京，上了英国客轮，是等兵变结果。早早被赶出变法核心，兵变是他夺权的唯一出路。

变法是皇上开路，太后督阵。太后已在慢慢放权，但大权至少还会保留五年。对于皇上少年求成的心性，五年怕是太长……

崔希贵："康、梁逃去日本。太后杀了四章京、康难赫弟弟、执笔写《瓦合》奏折的大臣，这六人是为皇上顶罪。"李尊吾眼中闪过道红霞，是火柴之光。

广州产的巧明火柴，英国的十支装香烟。晃灭火柴，崔希贵抽上烟卷："六人砍头后，皇上不再抽烟袋，改抽烟卷，一根接一根。"

王午："谭公子生前，抽俄国的莫合烟，也是一根接一根。"

围园劫后，是康难赫主意，说动皇上实行的人是谭状非。谭状非虽是张之洞派系，但他年轻，年轻人总相信出奇制胜。

谭状非父亲是湖南巡抚，他本是纨绔子弟，却崇尚江湖好汉，康难赫的夺权计谋，在老政客看来如同儿戏，在他眼中是英雄豪赌。

王午："唉，世上的事，不怕正义，只怕魅力。一旦构成魅力，死活也得干了。"

崔希贵："康、梁逃了，谭也逃，便没了首犯，难道要皇上当首犯？事败不走，对皇上讲义气，谭公子是条汉子。"

王午："谭公子在湖南读书时，机缘巧合，得了文天祥遗物凤矩剑和蕉雨琴。来京变法携此琴剑，以激励自己，讲气节做高士。"

南宋将灭时，文天祥卖尽家产，招募义军，对抗蒙古军。南宋灭后，文天祥回绝高官诱惑，誓死不投降，坐牢三年后就义。

王午哀叹："文天祥还曾领军与蒙古铁骑拼杀，不枉男儿身，谭公子只是做了个顶罪的，委屈了热血……大总管，把我存在这的蕉雨琴、凤矩剑拿出来吧，想瞧瞧了。"

剑一尺二寸，仅比匕首略长，木鞘无漆，鞘口镶玉。琴长三尺六寸五分，象征一年三百六十五天，横于桌面，仿佛午睡的少女，底面刻有琴铭：

> 海沉沉，天寂寂，芭蕉雨，声何急。孤臣泪，不敢泣。

10　四大刀

崔希贵给王午盛了碗肉汤。

王午大口喝下："塔吉克人一眼就能看出混在羊群里的狼，坏人瞒不过塔吉克人——可惜我被康难赫瞒过。跟谭公子第一次见他，是个眼光如电的人，逼得我这双习武的眼睛也要闪避。"

崔希贵："史书上记载的祸世奸雄，总是天赋异禀。"

王午："唉，我向谭公子进言，此人气概，值得追随——愧对了我身上流的塔吉克血。"

塔吉克人居住在与俄国接壤的塔什库尔干高原，有轻财重义的美誉。清朝初年，塔吉克首领受朝廷册封，没发回程费用。六十余位塔吉克人未回家乡，在距京城百里的潮白河沿岸，寻到片元代蒙古人废牧场，垦荒育草，生存下来。

塔吉克人内心纯净，观他人邪念，清晰如镜。王午是潮白河塔吉克后裔，六年前做了谭状非贴身保镖，谭在被捕前，以琴剑相赠。

崔希贵："康难赫在谭公子眼中是伟人奇才，皇上一眼看透，说兔力不逮。"兔子能游过小溪，游不过大海。

清皇室入主中原，冷落军师范文程，靠明朝降臣洪承畴治国，便是"兔力不逮"的道理。范文程当军师前，仅在边镇衙门供过职，打仗足智多谋，无法治国，不是才华不够，而是见识不足。

康难赫兵变不成，是见识不足所致。他概念里的谋反，像小说里一般简单。多位大臣对康的第一印象都是，虽然满口欧美，骨子里是个看多了改朝换代小说的三流乡绅。

朝廷与市井是两样人情。以市井人情去解释朝廷事件，大众觉得"好理解"，实则远离真相。合情合理的是小说，超出常情的是历史。

康难赫不懂政治，只懂小说。逃到日本后，康、梁二人写了大量文章，将光绪皇帝描写成一代明君，遭到母后迫害，在命悬一线的情况下，传消息让两位臣子逃亡。

明君忠臣的故事，在报纸上刊登，感动欧美。康难赫被视为戊戌变法的核心人物，受各国政要重视，在加拿大时甚至以接待别国首脑的马队迎送。

康难赫自称皇帝的老师，游历新加坡、印尼时，当地华商求见，要跪拜磕头。他俩还伪造一封光绪写在衣带上的信，要两人起兵救他。

曹操专权，汉献帝写书于衣带，向刘备发出反曹的命令——这是《三国演义》中"衣带诏"典故。海外华人受此激励，纷纷捐款，以做军费。

皇上居在的瀛台，他俩说是湖心岛，原有三道石桥，太后封了两道，仅留一道，派兵把守，构成天然监狱——这是没进过皇宫的人的想象。

瀛台不是一间房，是翔鸾阁、涵元殿、蓬莱阁、迎薰亭、丰泽园、怀仁堂等大片建筑。瀛台三面环水，是半岛，夏日里，历代清帝均住瀛台避暑。

崔希贵："康、梁说太后因禁了皇上，实则皇上不理朝政只有三天，是焦虑病倒。三天后，皇上和太后一起在瀛台批奏折，共渡乱局。"

大众欢迎的小说，受迫害的忠臣是一类，受迫害的爱情也是一类。康、梁写珍妃是光绪变法的得力助手，六臣被杀的当晚，太后将珍妃打入冷宫。

一位老太监同情皇上，送珍妃与皇上相见，为避桥上士兵，以艘小船，深夜将珍妃送上瀛台，天亮前再送出。有人告密，太后震怒，打死了七十多位太监。从此皇上与珍妃隔水难见。

崔希贵："康、梁如果对皇上有一点感情，便不会编这种故事。好在太后圣明，对这些离间母子感情的话，一笑付之，说也好，天下人皆知了康、梁忠奸。"

对社会舆论的失控，是晚清政治特色，面对各类传言，中央权力总处于弱势。太后对康、梁报文是"兔力不逮"，始终拿不出以正视听的办法。皇上发表了一份"自己仅跟康难赫见过一面"的声明，于事无补，欧美皆认为是受太后胁迫。

宫中事不能向民间公布，康、梁言论成为唯一的信息源，《泰晤士报》《纽约时报》的报道，认定皇上遭殴打虐待，甚至已死去。

太后无奈，邀请在京的英国德国医生给皇上检查身体，以证明康、梁谎言。结果查出皇上有严重肾病，不可能过夫妻生活，不可能有后代，引发朝野震动。

张之洞不敢来京了，历史上，皇位继承问题多引发政变。

崔希贵："各国首脑的健康，都是一国的头等机密。以君子之法，对付小人，只会自取其辱。能把曾国藩、李鸿章这些势大谋深的权臣治得服服帖帖，却对付不了康、梁，以后是每遇谣言，太后必下昏着。"

光绪皇帝体质公布天下后，皇位继承人问题造成危机，各方势力蠢蠢欲动。慈禧迅速指定端郡王的儿子当太子，日后继承皇位。父凭子贵，端郡王进入权力中枢，执掌外交财政大权，操控京郊禁卫军。

端郡王心知，在太后的谋划中，自己只是个暂时稳定局势的秤砣，儿子从小被惯坏，仆人的捉弄都对付不了，是有名的"傻大哥"，实在有欠帝才。

事态不明地过去两年，一九〇〇年北方大旱。以建教堂方式，欧美势力侵入乡村底层，农民有亡国亡种的焦灼，在大旱之年，毁铁路杀教民的事越来越多。

他们以师兄弟相称，对外称"义和团"。慈禧遭欧美报纸丑化多年，想出口恶气，便放任了义和团。端郡王暗中与义和团人气最旺的几位"大师兄"结拜，操纵了义和团。

英国舰队借口镇压义和团，要占大清的沿海炮台，慈禧震怒，放义和团入京冲击英国使馆。事情闹大，端郡王起了杀心。

光绪一死，他的儿子即是皇帝。义和团反洋，端郡王将光绪说成"最大的二毛子"，以西洋之法变祖宗之法，在京城煽起"杀帝"口号，率义和团冲进皇宫。

冲入皇宫的不是农民，是职业军人，董福祥的骑兵。董福祥是武卫后军统领，负责京南防卫，投靠端郡王多年。

王午托起欧洲人一般的下巴："义和团入京后，我这相貌，只好躲在家里，怕上街被义和团当洋人杀了。谭公子临死前，不忘皇上知遇之恩，嘱托我保卫皇上。"

崔希贵："谭公子仰慕豪侠，平时装得江湖气十足，遇事就是书呆子，你一介平民，入不得皇宫，何谈保卫皇上？"

王午："总是公子心愿！我想，古人为朋友守墓三年，我就在京城待三年好了。三年未到，真有人要杀皇上，恰巧世道乱得我能进皇宫，真保了皇上——你说，谭公子是不是通了灵，算到了身后事？"

做保镖的人，都有消息网。王午不出家门，也知城中事，收到"武卫后军骑兵在秘密选人，要扮成义和团进宫"的消息。

塔吉克人看着像西班牙人——这样的容貌，混不进山东河北农民为主的义和团，可以混进武卫后军，因为董福祥在甘肃做官多年，嫡系部队多为当地招募的少数民族，也是白人脸。

一队貌似八国联军的义和团从东华门冲进皇宫，未遭拦阻，一路到瀛台。王午向左右人搭话，得知"四大刀"中的沙、马走在前面。

马是董福祥贴身侍卫，沙是虎机营教官，虎机营是端郡王嫡系部队。"该在，该在。"王午嘟囔着。

他们六十余人，小腿黄裹红扎，没带火枪，拎着大刀片——这样便要杀皇上！王午心寒，料定大批宫廷护卫已投靠端郡王。

李尊吾："三大刀对决，恨不能目睹。"

王午惭愧而笑："李大哥，没您想的精彩。我冲出队伍，抢先一步拦在桥头，向沙、马叫阵，又害怕又兴奋，像头回比武的少年。一交手，很无聊，他俩竟然不懂刀。"

李尊吾险些洒洒衣衫。

王午："您说，皇上的命有多长？"自问自答，"一百步。"

得知消息，太后率人赶来，距离一百步远，眼瞅着那伙人要冲上瀛台。一百步的时间差，足够杀了光绪。

太后绝望，不料见他们起了内讧，一人拦在桥头，劈倒两人，其余人不敢动了。这片刻耽搁，令太后赶到。

事发突然，不及调兵，太后仅带护卫六人，加上十余位太监宫女。太后眼尖，从这伙人里一眼认出义和团装束的端郡王，破口大骂。端郡王羞愧，一句话没说，带人走了。

崔希贵声音微颤："幸好端郡王在，太后有个发威的对象，否则那伙兵犯起混来，保不齐连太后一并杀了。"

王午："幸好沙、马在。我把沙、马杀得轻松，划火柴一样，其他人不敢动，是沙、马盛名造成。其实他们六十多人冲上来，立刻能劈碎我。"

李尊吾："沙、马成名早，说他俩不懂刀，我不信……"

王午深灰色的瞳仁中闪出一道湖蓝色："李大哥，您也不懂刀。您是拿刀使剑法。"

李尊吾："是这样。"

王午大笑："想不到，四大刀里懂刀的，只我有一人。"

关刀不是刀，是刀形重物，相当于西方举重的杠铃。王午少年即玩关刀，从四十斤开始，二十六岁用到一百二十斤。逞能加到一百四十斤，便扛不住了，耍不了花活儿，最多晃晃，不想晃晃悠悠中，悟出刀法。

王午："世人是人使刀，我是刀使人，顺着刀的重量来运刀，以手追刀。"

李尊吾皱眉："你是在平地上杀的沙、马——他俩本是骑兵，在马的冲力下，也是以手追刀。"

王午："他俩暗合刀法，却不明其理，所以马上是高手，下地是庸才。"

以手追刀，为半失控状态。文人水墨画，巧妙在泼洒，也是一半人为一半天成。沙、马轻易毙命，只因手握得太紧。

崔希贵打岔："人间事，往往名不副实——这些话谈多了，就无聊了，还是喝汤吧。"递来碗汤。

王午推开，直视李尊吾："一直以为，你高过我是功夫高，不是刀术。知道我喝的是什么？"看向碗中，李尊吾认出是鳖。

肚上有红线、脖有硬骨的鳖有毒，这只齐全。鳖是凉物，没有毒发的痛苦，死后五官不变形，还能得享美味——真是人间最棒的死法。

王午向崔希贵鞠躬："大总管费心了。但我不想这么死了，有李大哥在，我可以死于刀下。"

眼中数道血丝，即将毒发。

八国联军提和谈条件，第一条便要处死端郡王，查明他是义和团真正首脑。无奈负责皇室安全的禁卫军归他管辖，逼急了他，会挟兵谋反，另立新帝。太后派李鸿章和谈，劝洋人退一步，改为将端郡王发配边疆。

端郡王交出兵权，答应去伊犁，但提出"要王午人头"——杀王午是泄愤，杀帝不成之愤——这是对太后挑衅，但太后答应了。

王午是江湖人物，官府捉拿，会隐遁江湖，再也找不着。崔希贵一贯以武人自居，交谊底层。太后想起了他。

一道黑影擦过王午脖颈。王午后蹿，横起长柄刀，脖颈喷出片血雾，湿了半边衣袖。

李尊吾："你已毒发，反应一慢，便领会不到我的刀法。"手中是凤矩剑，八百年古物，早无剑光。

受伤，人会敏感些。王午称是，前手悄然一松，后手急推——长柄刀障眼法，刀长猛增，如枪刺出，曾用此招斩杀沙、马。

未能瞒过李尊吾，剑划过王午小臂，自锁骨窝插入心脏。

王午转柄，刀面拍上李尊吾胸口，人如蝙蝠倒飞，贴到墙上。随着"噻啷"刀落，深灰瞳孔转为蓝色。

北方四大刀，从此仅剩他一刀。世事，三分悲怆七分滑稽。李尊吾呵呵笑着，麻袋般倒下。

醒来时，室内收拾整洁，点了檀香，没了鳖汤气味。崔希贵窝在藤椅里，端茶望着房梁。

大梁未涂漆，木质干透，白花花的，有道如闪电形的裂纹。王午尸体已由皇宫侍卫送往端郡王府。

李尊吾问崔希贵："你又得太后的宠了？"

崔希贵："只是杀个人——还不够。"抿口茶，"许多年前，我还杀过一人。那年南城堂子传出谣言，一个客人自称曾被绑架进宫，与太后度了两夜。我杀了他，他姓陈。"

李尊吾凝视崔希贵双眼："为何跟我说这些，是让我把这事传出去？"

崔希贵两眼无神，望向房梁："忘了吧。"

似乎回到初见太后的一天，那时他十一岁，从来没想过女人可以好看成那样……

离开小庙，李尊吾得了袋墨西哥银圆，预感崔希贵会说出太后和陈姓男子的事，或许是对木材场工人，或许是对早点摊小贩……

人对所爱之人，总有份歹毒。

11 家神

走到冰窖胡同，照相馆已重建。主人姓杨，出门了，夏东来随行。店里有一位照相师父、两名伙计在。李尊吾自称是两夫人同乡，捎来她俩父亲的口信。

杨府在距照相馆三百米的胡同深处。她俩端坐在东厢房待客小厅，穿宝石蓝大衫，长及膝盖。大衫所镶花边称为"绲"，体现家境，她俩是顶级的十八道镶绲，牡丹带、鬼子栏的高难花饰。

李尊吾还是仆人装束，杨家仆人便没给座位。

他站着说话："天上星星，成团成簇，南方的大簇像鸟，北方的像龟蛇，东方的像龙，西方的像虎。人的内脏，连着天。夏三月，天南大鸟入心，红若朱砂；秋三月，天北龟蛇入肾，黑雾淋淋；冬三月，天东大龙入肝，满目青青；春三月，天西大虎入肺，雪白雪莹。"

形意拳内练五脏，这是他奉行半生的理论。别的话，难出口，是他唯一能讲的话。仇小寒轻叹："你把天和人身都说得太好了。"仇大雪落泪。

杨家仆人愕然，父亲给女儿捎的话竟如此高深。李尊吾："兄弟，讲完了。"仆人引李尊吾出屋，仇家姐妹如寺庙大殿上的佛菩萨泥塑，安静庄严。

前门楼子，美国军旗高悬。八国联军协议撤军后，美军占据着前门楼子不撤，清廷亦无奈。前门楼子往东，城墙根下有鸡毛店。

清朝民间福利，每座城都有乞丐收容所，名鸡毛店。官府设置，摊派富户掏钱办，百平方米大屋，无床无炉，冬日立几个装满鸡毛的笼子收摄热气。

鸡毛店里有赌局。不是乞丐自娱，是职业赌徒来设局。乞丐逢开店、婚丧必去骚扰，日有所得。乞丐都好赌。人占的便宜，也会被人占去，沦为乞丐，也不能例外。

李尊吾进去，输光崔希贵给的四十枚墨西哥银圆，出门后买了个"一口吞"，觉得此生美好，随时可死去。

一口吞是将豆腐干、豆芽菜用饼卷上，适合赶大车的车把式边走边吃。镖师不吃一口吞，为防土匪装成小贩下毒，只吃自带的干粮。年轻时，他很多次热烈地想来上一口，都强忍住。

一辆骡车冲他驶来，车夫不坐在车上，随车跑，俊相十足。车堵住他，车夫递上请柬，请他去阜成门外虾米居一聚，落款是杨放心。在冰窖胡同见过，照相馆主人名。

坐入车厢，听车夫大脚在路面发出"噼啪"脆响，知道在卖弄跑姿，李尊吾感慨："年轻，便有各种好啊！"

阜成门外虾米居，以绍兴菜闻名，窗户扇形，遥见西山。

与照片一致，杨放心一脸文气、右眼闪着受过射击训练的狠光。还是照片显年轻，他保养住年轻时八分清秀，见真人仍有五十岁光景。夏东来陪同，见到李尊吾，没行礼。

菜共十碟，四大碟、六小碟，以顺应"四喜、六顺、十全十美"之意。上菜后，夏东来出屋。杨放心："咱俩是一辈人，咱老哥俩交交心。"

自陈经历，年轻时在日本读采矿专业，后迷上照相，放弃所学，之后迷上读报，成了康难赫、梁饮冰一党。庚子国难前夕，受康难赫指派，入京刺杀慈禧。

皇宫去颐和园，慈禧走水道，中途在万寿寺上岸歇脚。寺门前有十棵桂花树，花开美如银饰，他在桂树间装炸弹，没炸响。

导线完好，防水胶泥严密。去山里引爆这枚炸弹，炸塌山岩，威力达五丈……慈禧没有不死的理由，是大清气数未尽？

草原民族入主中原，不久都会自行崩溃，不过六十年。唯独满人在中原站稳，撑住二百余年。满清皇室的祖坟，在清军起兵前，被明朝军队炮轰。可惜满清气运不在祖坟，在家庙。

清皇室在五台山建家庙，家神叫雅曼德迦，牛首人身的怪物，三十四臂、十六条腿。慈禧水路上歇脚的万寿寺也供奉雅曼德迦。炸弹不爆，应是其神力显现。要成功，唯有自己也具神力。

杨放心重金购得仇大鼋《参同契三注》，阅后相信可修出法力，再购得仇家姐妹。"我非贪图女色，采二女真气，为对抗雅曼德迦，是国家大计。"

听王午说过，康、梁一党是哄闹乱国的人，学问浮夸。今日一见，不如不见。李尊吾暗叹对不住夏东来，为师多年，没教出他识人之智……

杨放心："修法秘诀，在女人心志，全心向我，才可得其真气。国难过后，她俩归家，已心不在我。昨日你来我家一趟，更觉她俩心随你去。"

李尊吾："我可离京，永不再回。"

杨放心："老哥哥，您走远了，她俩的心就离我更远了。"

李尊吾蒙住："要我怎样？"

"你住我家，白天在照相馆当经理。她俩见你近在眼前，好日子过着，对我总有份感激吧？心就回我身上了。"

李尊吾斜身站起："我提个条件，经理不当，当用人。三个月来，当用人习惯了，要想让我在你家待住了，就让我干这个吧。"

杨放心："也好。你做门房，月薪三块墨西哥银圆。"

杨家宅子与多数人家相反，南房高过北房，大门在北开。

主人所居不是北房三间，是南房三间。此布局称为"倒座"，只有受皇室特殊恩惠的人家才如此，皇上坐殿面向南方，倒座如一个向北叩头的臣子。

门房有书架、茶桌和可供小睡的竹躺椅，是官宦人家的门房设置，访客多，要久候。杨家长年无客，原有一位老门房，比李尊吾大三岁。入宅四天，老门房抽屉里拿出张空白拜帖，让李尊吾递进去。

杨放心跟仇家姐妹在一起，接过帖子，看一眼即合上，似乎反感来客，吩咐李尊吾回话"主人染病，不便见"，继续跟仇家姐妹聊天。

李尊吾哈腰出屋，姿态之老练，似在杨宅已服侍半生。隔三岔五递次空帖，都是杨放心和仇家姐妹在一起时。是让她俩看到他安居乐业。

她俩的心将要大海回潮般，千波逐万波地回到杨放心身上。

京城有专窃大户人家的飞贼，夏东来夜晚巡院，一夜巡到前院，步入门房。李尊吾正缩在躺椅上打盹，燕子出巢般腾身而起。

在徒弟面前展露武功，是如此羞愧，似赤身裸体。

夏东来："没听到什么响动吧？"响动指的是飞贼迹象。李尊吾摇头，夏东来："去，给我倒口茶。"摘下腰刀，大大咧咧坐下。

刀重重搁在桌上。

如少年见到绝色美女，李尊吾忍住心跳，沏好茶，端茶盘走回，才又看那刀。噢，夏东来为炫耀而来。

鞘面是景泰蓝宝相花。景泰蓝是做花瓶的工艺，铁线铜丝，价格昂贵，贵族才能享用。

刀首穿明黄丝穗——皇室标志。

观察李尊吾神情，夏东来嘴角跑出一钩笑："守了大半夜，想你困得不行，给你提提神吧。"亮出刀。

刀长两尺六，弧度舒缓，如大雁之尾。刻两道血槽，亮如银饰——上品钢质方如此。

夏东来："嘿嘿，嘉庆皇帝打猎时的佩刀，赏给杨家祖上的。杨老爷前日赏给了我。"李尊吾："你一介小民，佩大清皇帝之刀，大逆不道。这刀该供在杨家祖堂。"

夏东来一脸小孩的委屈神色，以护院对门房的威严喝道："你懂什么！"一声龙吟，刀入鞘。刀入鞘般迅捷，他开门离去。

一句赞语，或许便恢复了师徒情分……给他沏的是武夷茶，招待四品以上高官的茶。杨家无客，门房却按王府标准。

他未饮一口。

李尊吾坐下，饮尽杯中茶。

杨宅无客，前院门廊用于晾晒火腿——带胯的猪大腿，一扇火腿要揉进去四斤盐。杨放心出门，要穿过层层火腿，看他气色日佳，李尊吾想到：她俩做了他的女人。

她俩也出门，去前门大栅栏买首饰。杨家一切是高官做派，唯这件破例。高官女眷不外出买货，都是店家携货上门，女眷逛商场，是平民市井表现。

她俩以前如坠枝苹果，每一处都元气十足地撑开，而今眼角、唇腮有了收敛。

他的感受力曾达三丈，对手在此范围的微小动态，皮肤上皆有感知，如一条水中鱼。而今三丈内的水全干，她俩离他好远……

想起程华安，这个老哥们啊，胜任世上一切事，做朋友、做邻居、做买卖都那么轻松，早早成家，妻贤子孝……

一日中午轮班，泡了杯武夷茶。杨放心走入，夏东来留在门外。

门房偷喝待客的茶，太丢人了……杨放心坐下，朋友口吻："李大哥，分我杯茶吧。"李尊吾"哎"一声，快步取杯。

饮茶后，杨放心说："雅曼德迦的神力，我应该可以扛住了。"他青春复现的脸，与真正青年的区别，只是略显浮肿。

见李尊吾没接话，杨放心道："她俩本是我太太。""太太"一词，寻常百姓不能用，只有官员夫人方能称太太。

李尊吾："她俩的真气让你盗走，她俩会怎样？"

得病、变老、早死？在杨宅当用人后，很久才想到。想到即大恐，趁夜来到仇家姐妹窗下，想像庚子国难时背她俩出城般，将她俩背出杨宅，却听得女性快慰的呻吟。

抽干了他所有气力，像个垂死之人，再也不想别的，只是一日日待在门房。

杨放心："您每天晒太阳，太阳有损伤么？"

如此高兴，想奖励夏东来。十年师徒，遇好事，总是赏他个东西，让他跟着高兴……"杨先生，您有文化，问您个字——'中'，怎么解释？"

"中间、中央，还能怎么解释？"

"再问您，'浑圆'是什么？"

"跟中一样，是个形容。"

"您是说，中与浑圆都是世上没有的东西？"

"都是概念，不是实物啊。"

李尊吾："杨先生，您错了，中与浑圆是两件实在东西，农民知道浑圆，道士知道中，只是在你们读书人里失传。"

会干农活的人，抢锄头铁锹，都是后手放在胯边，以胯为轴。一亩地，农家老太婆一个上午就犁完了，下午接着干活，不会累趴下。

骨盆就是浑圆。汉朝不蓄军队，都是战时向农民征兵，唐朝军队要农垦，干农活就是练兵。因为使冲锋陷阵的长刀长枪，跟使锄头铲子，是一样的劲。

杨放心："中又是什么？"门开了缝，现出夏东来头形。

李尊吾："人为天之垂——人是天垂下来的东西。"

现今的人拜天祭祖，总是弯腰低首——失去了古意，上古先民祭祀，先要站直身体，感到似有线垂钓，悬挂在虚空中。这根虚线便是中。

杨放心："骨盆盛着的腰腹臀，实在肉块，浑圆发力好理解。中是虚线，如何发力？"

李尊吾让杨放心两手高抬，托举茶杯。"你不动指，能将茶杯转动么？"

茶杯僵在杨放心手中。

李尊吾拿杯，两臂竖起，杯子转了两圈。"杨先生，您连个杯子都转不动，如何能破满人保江山的法力？"

杨放心潜伏的皱纹顷刻毕现："我来，是求您件事。她俩跟过您，就继续跟着您吧。"递上个信封，起身离去。

信封里有十张银票，每张五十两。

12 帝制

正经人家都早起，趁黑吃早餐。早餐为米粥，配腌雪里蕻一类小菜，主仆都在二重院的食堂吃，男人在外堂，女人在内堂。

今日配粥的是火腿，一人三片。主人要远行，早餐方有肉。

杨放心和夏东来一桌。李尊吾解了外褂，拎着进来，状如拎刀："东来，我有话说。"引他到侧廊，"以前教你，土匪围攻不严谨，有游走空间，看似二三十人打一个人，你左绕右闪，等于还是一个对一个。"

夏东来口气冷得似狱卒对囚犯："早会了，您要说什么？"

李尊吾："这法子对付正规军便没用了，得会冲撞，才能逃出去。"拎褂子做出左绕右闪，由于只拎衣领，褂子不管如何飞扬，垂线依旧。

夏东来蹙眉观察，觉悟的喜悦一闪即逝："不失中，才可游走发力。跟了你十年，为何今日才说？"闪开李尊吾，向褂子鞠躬行礼，回桌继续早餐。

李尊吾走出黑乎乎的食堂。

慈禧应在今日走水道去颐和园，他俩是去万寿寺。

将仇家姐妹转移到客栈，李尊吾等在杨家，官兵来围宅，可上房走。半夜了，响起叩门声，不是兵器砸。

京城人家的大门，是中央正门配两侧门，正门是喜丧、官员来访用，平时不开，主人进出亦走侧门。李尊吾开侧门，见到杨、夏二人。

杨放心："李大哥，给沏壶茶吧。"

躲在树下水里，眼瞅慈禧上岸，杨放心没引爆身上炸弹。李尊吾："我听闻有限，在我听闻里，康难赫是个轻狂之辈。对他的指派，不做也好。"

杨放心："但他说出了大清国出路。我怎么想，都觉得是唯一的路。"

他是满族，祖上为皇室家奴。做奴才可以免税免兵役，他家祖上是主动为奴。满人入关后，奴才和主人渐变成家人关系，被委派管理产业，常常奴大欺主，奴才富过主子。山西人在日本开采铜矿，他家仗着是皇室家奴，分了杯羹，他少年时即活在日本。

日本人将满人描述为外族，是一种政治手段，图谋分化中国。满人追溯祖先，是春秋时代的中山国，地处河北，以青铜工艺闻名。中山国被赵国灭后，国人逃去东北，过上渔牧生活，文明停顿。

史书不明，老辈满人一直说自己是河北人，代代口传，满人贵族会在河北的中山国遗址买块地，家里摆中山国青铜器，以做纪念。

杨放心："本不是外族，却有外族私心，总觉得入主中原是侥幸而得，也会蹊跷而失，为留退路，建立禁地制度。将东北、新疆划为禁地，不许汉人进入。"

清朝法令，一度鼓励满汉通婚，一直禁止蒙汉通婚。因为蒙古人是满人最大盟友，也是私心。种族划分，看似保障，实是坟墓，一旦有人以抵抗外族的口号煽动叛乱，必天下大乱。

杨放心："不讲种族讲帝制，是大清唯一出路。"康难赫说大清衰落因歪曲了帝制，强国之道，是恢复真正的帝制。

春秋时代有一千两百多个贵族小国，秦始皇将千家变为皇帝一家，以官僚取代贵族，之后朝代，连续消灭豪族、世家、门阀等新生特权阶层。清朝建国，贵族爵位逐代降级，四五代即成平民，皇室也不例外，皇子皇孙，不是正脉，终要等同庶人。

中国是名分社会。石匠名分比木匠高，饭馆跑堂的名分比厨师低，尊卑有序。但石匠比木匠名分高，并不妨碍木匠作为工匠首领接工程。名分有活性，科举取士制度，贫寒子弟参加国家考试，博取功名，即提高名分。

满人特权具隐蔽性，不在制度，在于人事，重要官职多委任满人，让科举取士制度成了摆设，汉人通过科举，得到的多是闲职。

皇帝制度是皇家与政府分权，明朝皇帝窃取政府权力，不敢明目张胆，混乱官制达到目的，出现小官管大官、此部门的官管其他部门事的种种怪相，官场紊乱，皇帝便可插手行政。

清朝官制更为混乱，因为清帝要进一步抓权，明清皇帝是帝制的最大背叛者。康难赫考证，正宗帝制等同英国君主立宪，只要纠正明清之偏，恢复帝制，大清便是现代国家。

杨放心："坏只坏在太后一人。清室败坏帝制和科举，能不崩溃，因为清初三帝康熙、雍正、乾隆都是强者，硬拼出一个盛世局面，但三帝过后，制度畸形的毛病再难掩盖，大清便显衰相。衰相本是转机，正好痛定思痛，弥补制度，不料又出了太后这个强者，衰世里的强者都是灾星。"

一八六〇年，英法联军侵占北京，火烧了圆明园。圆明园不是皇家休闲地，是最高国府，数代皇帝在那里办公，时间多过皇宫。国府被烧，大清真是衰到极点。

逃到热河的咸丰皇帝咳血而亡，临终前分权，让八大臣辅助幼帝，终于组建了平行于皇家的政府。虽然八大臣都是满族，毕竟走出恢复帝制的第一步，八大臣扶持南方曾国藩、胡林翼等汉官崛起，提出"满汉共天下"。

杨放心："原本局面大好，不料慈禧太后是个强者，杀了八大臣，权归皇家，再无政府。这一耽误就是四十年，招来了比英法联军更狠的八国联军。"

李尊吾："杀了她，就一切都好？"

杨放心："河里泡了三个时辰，忽然明白，当初满人为何能入主中原——你们贪生了。"呵呵笑起，鬼哭狼嚎，"今日，我贪生了。今日满人，就是当初汉人，有眼前好日子过，何苦为国为民？我从我身上，就看出大清国要亡了。呵呵，呵呵。

13 天堂

中国男人有书房没卧室，卧室是妻妾房间，不愿去，便睡在书房。皇宫亦如此，皇上无卧室。京城富贵人家模仿南方，女眷要住楼上，仇家姐妹住栋二层小楼。

将仇家姐妹接回，杨放心在楼上等，封了窗板。夏东来在院里夜巡，李尊吾持信封来到窗下，是杨放心昨日给的十张银票："杨先生！银票放在窗底下了，我不做门房，走啦！"

像个逃学孩子，跑到大门，抽十二斤重的门闩。既然走，便要走正门。

夏东来追上，搭手将门闩抬开："我以为杨老爷是个再造国运的英雄，不料事到临头，还是个凡人……师父！我跟您走。"

他腰上挂着嘉庆皇帝佩刀，李尊吾："跟了十年，我烦了。"

夏东来整张脸冷下，止步在门槛内，关上正门。正门沉重，不管多缓，合上时仍发出震动街面的一声响。

李尊吾到了东直门木材场旁的小庙。崔希贵开了拳场，二十几个青年在晨练。

崔希贵比上次热情，说程华安在民间打出八卦掌名声，年轻人爱来，不是冲我，是冲老程。"老程……"李尊吾搓手，"给场子里留点老程的东西，上几个孩子，给我练练手。"

崔希贵眼中，他搓手的动作漂亮至极，有着一流高手的疏懒傲慢。

选出三个小伙子。李尊吾扫一眼："你不是个好手，是个好师父。"

崔希贵："先打哪个？"

"八卦掌是个阵法，以一敌众才是真八卦。一块上吧。"

一人敌多人，便是将多人变成一人。李尊吾左绕右闪，身后的三人渐成一行。人的本能造成的，所有人向同一目标做同一反应，不自觉地会排成行。

阵法的本质是分工，空间上的目标不同，有追、有堵、有直击目标的不同任务。人很难承认分工，所以聚众往往办不成事。

一九〇〇年，洋兵从天津直捣北京，清廷皆派重兵抵挡，用的是洋人一样的枪炮火力，数量上占优势，却打不过洋兵……李尊吾反手掌，劈得第一人撞上第二人。挥拳擂倒第三人，转身出脚，踢晕刚从地上爬起的第一人和第二人。

救治简单，把两条胳膊向上举再向后拉，便能喘上气来。看着三个小伙子，想的是夏东来。今早上展示的打法，是昨早上讲给他的……

崔希贵低语："在堂子给姑娘做相帮，官府不屑抓你，江湖人也不屑。在我场子动了手，你便又是个武人了，干吗要作死？”

李尊吾说上次给的钱花完了，进小庙拿了套衣服、两个银锭，出门时，崔希贵歪在躺椅里没起来：“通缉令还在，悬赏五十两，我看不上，对许多人是大钱。你手里得有个家伙。”

飞来一物，扬手接住。

是谭状非遗物——文天祥的凤矩剑，归王午后刺死王午。此剑主人皆受冤而亡，克主的不祥之物，崔希贵竟想用它保我性命……

被义和团焚毁的天主教南堂，得到重建。墙体花饰，请的是天津砖雕的陈氏兄弟。沈方壶筹的款，建好后，从法国请来一位神父主事。他不理教务，也无心讲道，钟楼下有花棚，做了花工。

他有马尼拉最高学历，是庚子年守卫北堂的英雄，传说能行神迹，得京城的洋人神父们敬重，常有人来花棚请教。今日门房通报，来了“师哥”，马尼拉神学院的同学间，没有这称呼。

在崔希贵场子里打人，为热身。庚子年，背仇家姐妹出城，与沈方壶定下比武之约。程华安的仇，该报了。

沈方壶腮部鸟翼般收紧：“干了半日活儿，容我走走。”

花棚尽头，有尊铜像，卷须长袍的圣徒。比常人略宽大，铜皮空心。年代久，有几处凹凸变形。沈方壶：“大清国便如它。”

它不是教堂里供人瞻仰膜拜的圣像，是刑具。十四世纪，宗教裁判所将异教徒装进铜模里，生火烤死，用意是强制性变为圣徒，法国、意大利、西班牙普遍使用。

沈方壶："装在欧美铜模里，我们会毁成一团什么也不是的东西，但从外面看，等同欧美。"打开铜模，湖蓝色铜锈如冬日玻璃上的霜花，层层叠叠的美。

沈方壶眼光迷醉，似乎在努力抑制一步站进去的冲动："我不再练武，但武功像个八岁孩子，止不住地疯长。师哥，你何苦来？死的会是你。"

凤矩剑藏于左袖，右腿近乎痉挛。

沈方壶："师哥，陪我去取剑吧。"西南角，有方黑漆柜子，下格是他庚子国难时用的剑。上格供白瓷圣母像，仅一尺高。

沈方壶："师哥，看一眼，她的脸很美。"

李尊吾弯腰，向柜内看去。圣母合在胸前的手修长，身形婀娜。

"南堂院中，原有尊等人高的圣母像，给义和团砸了。在马尼拉，我看过许多圣母像，总觉得不如她。幸好北堂资料室，存有南堂圣母像图样，我请景德镇老官窑烧制的。"

景德镇瓷器闻名天下，常做高人一头的巨型花瓶。李尊吾："景德镇做不成原大的？""不想做大，想把她做成我一个人的。"

十八年前雨天，爱上了一尊石像。那天，拜师海公公不成，从此跟李尊吾分道扬镳。

"历史的本质是一个恶行接一个恶行。女人藏着拯救世道的秘密，感受女人，可上天堂。"

花棚中央有天窗，此刻天光，明媚得让人相信有上帝。破空声锐如鸽哨，沈方壶出剑。李尊吾短剑脱手……

花架倒塌。

鲜血滚珠般流下，剑未能刺入，自李尊吾后心划到左肩。

"师哥，好俊的功夫。"沈方壶躺在碎盆烂花上，凤矩剑扎进腹部。他剑鞘上的蛇鳞破了，凤矩剑飞来，曾以鞘挡，未能改变飞速。

李尊吾神色索然，他已受伤，不愿补剑，像杀条野狗般杀他。"老程的仇，改日报。下次，你一剑死。"

沈方壶苦笑。原是跟老程有八分相像的脸，留上欧式络腮胡，不太像了。

李尊吾："扎在你身上的剑，是我朋友遗物……你保管好。"凤矩剑拔出，会腹破肠流，夺过沈方壶手中长剑，出了花棚。

长剑尖端有块暗紫色锈斑，是程华安血迹。

教堂大门外，有五棵槐树，正槐花开放，如浮在空中的一亩花圃。不远是残断城墙，庚子年洋人炮火轰炸，至今未及修补。

14　最丑姑娘

宣武门外是菜市口，谭状非在这里砍头。大清刑场，没固定场地，菜市场哪里有空地，便在哪里摆下监斩官座位。

李尊吾套了件坎肩，掩盖剑伤。菜市口是入京的要道，小偷多、眼线多。经过辆卖冬瓜的大车时，感觉被人盯上。

通缉还在，五十两悬赏。可买套三间房的独院宅子，可买四百头羊，够买一只瑞士造金壳怀表，够包一个堂子姑娘俩月。

菜市口往南，是驴市，黑色毛驴居多，六七百头，臭气熏天。之后，是坟地和野高粱地。四辆骡车在那儿追上了李尊吾，车挂黑三角镖旗。

只有镖局才可拥有武器。城里混混为能持兵器办的镖局，向正统镖局示弱，以黑色为旗，以示自低一等。

混混把持农贸市场，练一种叫"赵子龙十八枪"的枪术，不用下功苦练，而招法刁钻，刺人小腿十拿九稳，正经武人对付起来也头疼，尽量不与其发生冲突。

领头的说话客气："请问是李尊吾李大爷么？"

李尊吾转身即跑，"之"字形路线，撤去裹剑的草席，猛然下蹲。冲在最前的混混收不住步，从他肩上摔过去。李尊武逼上，膝压那人脖子，挥剑护住自己上身。

只要用力，膝下的人脖子便断了。

领头说话依旧客气："李大爷呀！您跑什么呀？您累，我们也累。快把我小兄弟放了吧！他妈二十三岁守寡，拉扯大他，不容易！"

李尊吾："按江湖规矩，你们选个最厉害的跟我打，我赢了我走，输了跟你们走。"稍加力，膝下混混扯嗓子哀号。

领头的："快别！照规矩来。"

京城是文明地，恶人说话也算话。李尊吾放人，混混们没趁机一拥而上。

最厉害的是领头的，他持枪上来，小孩般吐吐舌头："我还能打过您？笑话！"抖臂扎李尊吾面门，滑手转刺小腿。

李尊吾抬手，剑尖即抵在他咽喉。

一招胜！领头的："呵呵，我就说打不过您。"李尊吾随之一笑，腕子轻抖，剑尖戳入其咽喉。

领头的瞪圆两眼，不信此身已死。李尊吾亦不信自己出手——杀人之念，如袖子里藏的橘子，顺腕滚出。

风起，荡出酸腐地气，近乎酒香。李尊吾一根箭般，射进海涛起伏的野高粱里。

之后五日，受过七次围捕，杀了四个人。李尊吾迷路，来到条河边。还是老了，小腿肌肉如钟弦上到极限，疼得要绷断。

河边有放羊的女人，喊："你是哪个地界人，干吗到我们这块儿来？"腔调熟悉，像关刀王午。

莫非是潮白河？

清朝初年，塔吉克首领入京受封号，朝廷没发返程路费。小半人回去，大半人留下，在潮白河边上找到块牧场，生存下来。关刀王午是他们的骄傲。

自报是王午的朋友，被带到塔吉克首领家。首领称为"依阐"，一位年过六十的妇女，湖蓝色的瞳孔，如青铜器色泽。

李尊吾说他没带王午的剑，证明不了自己是王午的朋友。

盯了李尊吾片刻，她咧嘴一笑，露出少女般齐整的牙："坏人瞒不住塔吉克人的眼睛，我们不知道王午的剑是什么样，但相信你是王午的朋友。"她蘸起盘中面粉，点在李尊吾左肩。

面粉是塔吉克人的吉祥物，有人订婚了，家外墙上满是全村人点的面粉。

依阐说女人本没有资格当依阐，她是不得已，现今村里没了男人。因为男人一旦离开村，都像王午一样不再回来。

"你可以留下，做村里的男人，娶个姑娘，生堆孩子。塔吉克人从不求人，旅行带的食品不够，宁可饿死。但我求你留下，你是王午的朋友，不要拒绝。"

李尊吾："我在逃亡，留下，坏人会找来……"依阐似穿透他过去未来："那就带一个姑娘走吧。"

沉默许久，李尊吾："挑一个最丑的吧。"

半袋烟工夫，几位老妇拥着一位圆顶花帽上扎红纱巾的姑娘进来，看呆李尊吾，悄声问："这就是最丑的？"

依阐点头，湖蓝色瞳孔如雨淋过，是自豪的微笑。

塔吉克婚礼当夜，只跳舞不圆房，新郎新娘跟老辈人同屋睡。依阐家不分房间，是环墙一圈土炕。李尊吾和最丑姑娘躺在北炕，合盖一条黑羊羔毛毯，她像被闪电吓坏的羊羔般一动不动。

依阐和姑娘母亲睡在南炕，油灯灭后，两人朝最丑姑娘说了半夜话，都是动物寓言，可能在指导她婚后生活。

次日，清晨即走。

给李尊吾备了两匹马、两口袋食物。持一根银头木杖，依阐带全村姑娘拥到马前："姑娘们只能嫁给外族了，下一代不再是她们的样子。你把她们每个人都看一眼吧。"

李尊吾环视。

依阐："好看吧？"

李尊吾说个个好看。依阐的瞳孔变得鲜润。

最丑姑娘骑马的本领不错，是个可以陪男人闯江湖的女人。逆上潮白河，向西而行，目的地是终南山里，师父埋骨的地方。也是上代形意门反清的秘密据点，三万清兵搜山，也未找到。

行出二十里，逢上三辆黑旗骡车，车顶上绑白蜡杆长枪。李尊吾穿塔吉克男装，黑绒高筒帽、青色无领对襟大衣、羊皮长靴。

竟没认出他，他们过去了。

这么走下去，会到塔吉克村。

姑娘们要延续种族，得是别的男人，得相貌堂堂、内心高贵。

李尊吾追上——

站在尸体中，数出十六人。还是中枪了，所幸不致命。这个牲畜一般的身体，只要原地站一会儿，便会自行止血。

身后来了人。此刻疲累至极，任何人可杀他。

回头，是最丑姑娘。

她捧起李尊吾左手，脸埋进。亲手心，是塔吉克女人对丈夫的礼节。

想起昨夜依阐和姑娘母亲讲的众多寓言中的一个：

一只雏鹰脱巢，从高岩滑落湖面，被一群天鹅收养，成了一个吃白食的宠物，每日等在岸边，吃天鹅捉的小鱼小虾。

它是雄鹰，长到一岁，逢迎天鹅交配的季节，无法忍受雄天鹅向雌天鹅求偶，鹰的本性爆发，咬死了全部雄天鹅。但受困于物种差异，它无法跟雌天鹅交配，追得所有雌天鹅在天上发疯地飞。

七天七夜后，雌天鹅纷纷力尽，坠空摔死。

最后只剩下这头鹰，吃惯了小鱼小虾，不会给自己捉一只兔子。当它企图像天鹅一样，从湖里捉一条鱼时，淹死了。

　　她的体味，令人晕厥，她说在夏日会更为浓烈。鼻子贴入花瓣，花香亦令人晕厥。

　　李尊吾是趴着睡觉，最丑姑娘也是趴着睡。是常年骑马人的睡态，在他需要她的时候，两人会翻过来。她如一张纸揉成团，嵌入他臂腿间。

　　她属于一个载歌载舞的种族，只要说话，脖颈就会扭动。她的脖颈像她的小腿一样好看，也像她的腰一样好看，也像她的手腕……

　　她总问他：“想什么呢？”对于她，他是多么奇怪的一个存在。问话时，左眉挑起，如一只伸懒腰的小兽。

　　听师父说过，汉人有三种高妙之术在元代断绝：秦汉武士的长剑术、魏晋文人的运笔术、唐朝女人的画眉术。

　　她的眉毛如描如画。

　　她如早醒，为不吵他，仍会躺在床上，孩子般地玩自己的手，可以玩很久。她做什么都全心全意，忘生忘死。曾问她：“你为什么是最丑的姑娘？”

　　她险些哭了，李尊吾：“你是我见过的最好看的人。”

　　她变得严肃：“别这么讲，人不该说假话。”

　　她叫恰契卡赛然依，意为“雄鹰停留的屋顶”。

多年走镖，对沿途的大车店熟悉。大车店通铺男女混卧，男子将同伙女子夹在中间，几伙人相安无事。

塔吉克女子没有蒙面习俗，为避免事端，不睡通铺，高价睡大车店二楼单间。他有崔希贵给的两锭银子——想过，花光了，可以偷窃。

走镖要防贼，知道许多方法。清朝官员退休回乡、迁任外地，都是自费，沿途官府不负责招待，也住大车店。不义之财很多。

听她说塔吉克人以偷窃为耻，以路不拾遗为高贵。他便打消此念，因为是她丈夫了。

钱用尽时，入店报名号"我是李尊吾，四大刀里的李尊吾"。

镖师和土匪的默契是，大车店是走镖路上的真空地带，土匪要等镖车出店再动手，镖师不会跟店家建立私人友谊，更不会赊账。

但他开口，所有店家都赊账，遇上面生的掌柜，让他露一手刀技，验证身份。鳞鞘剑舔过算盘，一颗算盘珠子蹦起，裂为两瓣。其余珠子完好无损。

掌柜："这手刀技，什么钱都付清了。您跟我，没有赊账这回事。"

河南省温县青峰岭，有道干涸古河床。河床南北向，宽大如峡谷，河床上那个数百人的村庄就是峡右村。

姜御城村长，曾称村人祖籍浙江义乌，随明朝名将戚继光北上守长城，戚死后，朝廷不发返乡路费，沦落此地。

与阿克占老玉为首的粘杆处群殴后，村中男子多受了眼伤，养伤期间不谨慎，喝酒吃辛辣，瞎了几人。村长两眼皆被刺中，康复后视力不减反增，三百米外草丛缝隙里的一条狐狸腿，都清晰可辨。

此后，他迅速衰老，埋怨是眼力耗费。今日黄昏，他在田里耕作，见千米之外的山坡上一对异族男女驾马而来，一眼认出，大叫："李尊吾！"

他脸上有两块烂梨霉色的老人斑，盯着最丑姑娘，忘情地说："李大哥，你怎么回事？带到我们村的女人，一次比一次漂亮！"

北方语汇，"好看"和"漂亮"不是同义词，"好看"是脸好看，"漂亮"是包括了脸的整个身体。

招待宴拼了八十桌，摆上螃蟹、青蛙、野猪、水蛇……最丑姑娘只吃鸡肉和蔬菜，自小信仰，形状怪异的动物是魔鬼化身。她可以喝点酒，脸红的一刻，全席人都停住话。

李尊吾表达来意，要带走两人，邝逐貉和叶去魈。村长说对不住，您这两徒弟一走一疯。

叶去魈去武昌寻父了。

一八五四年，太平军北伐，扬州出发的林凤翔部两万兵马渡过黄河，其中四千人驻扎温县柳林村，等待粮草，距离峡右村六十里。

叶去魈的父亲潜入柳林村，暗杀领军头目，提头赶到北京，讨赏遭拒。他们没有太平军头目的容貌图，无法确认。叶父是细心人，拿了头目的官阶腰牌。

腰牌刻的是"两司马"，清朝官制中无此名。"司马"是汉朝官名，距今已两千余年，清军不懂太平军官阶，再次拒绝叶父。

清军只知道林凤翔是北伐军里"最大的"，叶父决定去杀他，容易确定，肯定给赏。林凤翔警卫严密，叶父一路跟随，经历绕袭天津、兵败、南逃的全过程，仍无下手机会。最终，清军赶在他前面，杀了林凤翔。

十年后，清军攻破南京，太平天国覆灭，叶父回来了，清军每次都赶在他前面，还是没机会立功。

回村闲居十年，四十八岁的叶父终于娶妻，次年生下一子，即是叶去魈。叶去魈两岁时，叶父离村，再没有回来。那年，法国侵略越南，清军入越援助。村人推测，为讨到赏，叶父要杀一个"最大的"法国人。

清军兵败，法国占领越南全境后，叶父没有回来。

去年，峡右村接到一封叶父来信，自述在越南战场从小兵卒做起，一路立功，现今是六品武将，在武昌新军第八镇任标统，争取到一个新军子弟去日本军校留学的名额，要儿子速来相会。

来信简明，未提父子之情。在叶父心中，一个去日本的机会足以抵消儿子对父亲的全部埋怨。

与父亲一样，叶去魈离村后，再无消息。

邝逐貉是练拳疯的，疯子都厌恶父母，不愿在家里，他搬入后山的山神庙，吃供品过活。山神庙没住持，偶尔入山者自发地清扫和上供。父母每日入山，趁他不在庙时，以饭菜上供。

李尊吾带最丑姑娘登山，见邝逐貉在庙前空场，大呼小叫，豹子般来回疾走，练的正是教给他的践步。

李尊吾现身："过来磕头，这是你师娘。"

邝逐貉转颈相看，红肿的眼角似要裂开，噬人的凶光。一声号叫，他蹿到最丑姑娘身前，磕下三个响头。

他许久没说过话，舌头失灵，此刻只会说"好好好"。听到李尊吾说带他去终南山，授以全部武学，短则三年长则十年，他淌下泪，连说了十几个"好好好"。

让村里铁匠给邝逐貉打了把尺子刀。刀长四尺二，窄如量布尺子，仅刀头一寸开刃。是形意门独有的制式，平日不擦，让其生锈。

师父说"剑龄长，天厌之"，锈是上天的厌恶。杀人凶器，丑陋些好。

跟村长事先打招呼，习武人只相迎不相送，他会悄悄走。村长说懂，您是免得大家难过。

一个清晨，不辞而别去了终南山。

15 忘身之应

一九一〇年，宣统二年。慈禧太后和光绪皇帝过世两年，袁世凯免职归家已一年。他历任山东巡抚、直隶总督、铁路督办、外务协察、北洋大臣、军机大臣，创北洋新军，开办西式军校。

四月，天津。北洋法政学堂的学员与当地混混发生三百人规模的斗殴，学员伤四十人，死二人。

天津地方自治研究所收到一封来自河南彰德洹上村的信，就此次斗殴，做出指示。那是袁世凯免职后住处，信的落款是"杨放心"。

研究所在天津初级师范学堂里，是袁世凯任直隶总督期间设立。自治研究，是试验选举制度。研究所成果是一九〇七年八月十八日，以普选方式选出三十名议员，成立了天津议事局。那年天津注册人口四十一万八千二百一十五人，投票率达百分之七十。

终南山中白天短，邻近高峰相互挡光，下午两点，便无阳光，灰渺渺暮色维持到四点。蒙藏袍子适合山里的多变气温，一位穿着藏袍的汉人入了山。

李尊吾隐居处，有道七八丈高的瀑布，下面积成二亩大水塘，水下鬼影变幻，是游速如电的鱼。

山岩凿出个高阔洞穴，为防岩石寒气，贴壁搭上木头，建成洞中木阁。木色灰黑，局部表皮泛有老银子的乌光。

是古代入山修行人旧居，被形意门前辈发现，代代修缮，作为高层秘地。接待入山者的，是位剃光头青年，长腿高腰，气质野兽般凶悍，却是大舌头，只会说"好好好"。

入山者来自五台山南山寺，是普门和尚的信差。形意门的隐秘据点，只有他能找到。

洞内木阁建成三层，二楼正厅宽大，壁柱挂有四十盏油灯。火苗亮得刺眼，一个黑袄红裙的女子扶着一个高大老者在踱步。

俩人行至墙边，回转成正面，女子的异族美貌令入山者深吸口气，老者两眼闪着白光，似蒙着鱼肚白鳞。

入山者愕然：李尊吾竟然瞎了。

此病古称"脑流青障"，圆翳生杂质，老了便易得，不能辨物形，勉强辨明暗。

普门和尚的信，要李尊吾去相会。

十年前，普门高估李尊吾武功，想借比武求死，被削去三根手指，却将李尊吾打成重伤。入山者住宿一夜，次日清晨离去。李尊吾答应，十日后起程。

十日里，李尊吾一日睡四次，清晨、午后、黄昏、子夜，各半个时辰，最丑姑娘都陪他。这种睡法，可补充精力，应付走远程。他的任何事情，她都觉得天经地义，躺在他身边，会比他更快入眠。

她的呼吸沉静均匀，以前觉得她好看，眼盲后又觉得她好听……

十日里，邝逐貉在水塘边加紧练剑，希望长进，让老人家高兴。练的是"忘身之应"——忘记耳眼，感觉十五步内动态，忘记四肢，剑尖活物般自动出击。

忘身艰难，邝逐貉习剑七年，剑尖未曾一动。

入山后，李尊吾改了作风，不再嘲讽怒骂，变成温言相劝，劝他别急，时间到了，某一天便忽然实现，自然得如早晨醒来。

不是时间到了，是心到了，人是肤浅物种，总是服从于一般感受，习武是造反，造反需要时间——这便是"功夫"二字的内涵。你要如老牛耕作，不思春秋，不思天灾虫害，一亩之地和百亩之地，对牛都一样。

第十日，剑尖上似有丝痛感传到心底……还是未能动。转头，见李尊吾独自一人站在身后，眼盲后，他也从未离开过塔吉克女人。

邝逐貉发出"好好好"，李尊吾挥手止住："到这三个月，你的疯病就好了。为何还要装得口齿不清，一装就装了七年？"

半晌，邝逐貉："我晚上说过梦话？"多年不开口，发音生硬。

李尊吾："我不干晚上偷听的事，你是不符合病理。习武七年，我跟你说过许多话，你没说过一句整话回应，用心之狠，真让我害怕。"

邝逐貉眼光凝固。

李尊吾："我猜了七年，猜不透。我现在还有杀你的把握，再往后拖，怕是不行了。"似一道水面反光映上，鳞鞘剑刮过邝逐貉的脸。

邝逐貉左耳滴血。是"忘身之应"……

李尊吾："你是个聪明孩子，这一手，或许三年或许五年，你也可达到。非得今日死么？"

邝逐貉闭眼，开口说话。

入山三月，癫狂渐消，惊觉塔吉克女人如此漂亮。装成拙口拙舌，为避免跟她说话。他实现了他的设计，七年来，她视他为家畜家具，不曾有过一点关心。

李尊吾："你喜欢她？"

邝逐貉："不知道。只知道这事不能发生。"

三人同居，野山蛮地，难免情感滋生。李尊吾暗叹，这孩子心机重，难成绝顶高手，却是个可托付大事的人……

李尊吾："塔吉克女人，归你了。善待她。"鳞鞘剑上腰，持木棍一路点地，向山下走去。

邝逐貉追上，大叫："师父！"鞋面中剑，咔地裂开。

李尊吾走出十步，身后没了邝逐貉声音，他止步了。他喜欢她？此念一起，心痛不能停。她的名字叫恰契卡赛然依，意为"雄鹰停留的屋顶"——多么结实的屋顶，本以为自己是那头老鹰。

七年，她不曾怀孕。她的笑容孩子般灿烂，她该有个孩子，和她一样的湖蓝双瞳。年轻人应该跟年轻人繁衍，天经地义。她哭着接受，山洞木阁里，有形意门前辈藏下的金银，足够她和他过想过的生活。

邝逐貉还停在原地。没关系，漂亮女人总是让男人喜欢的。他会去木阁找她……惊出冷汗，李尊吾发现自己左手张开。

鳞鞘剑脱鞘，如横行闪电，直射邝逐貉咽喉。这是沈方壶也躲不开的必杀技。

没有刺入肉体之声，剑落在水塘边卵石上，遥远一响，如寺庙磬音。

邝逐貉躲开了？他的武功比预想高，这个有心机的孩子，终于骗过我一次……不对，没有闪避声。

李尊吾的盲眼湿润。唯一的可能是，他正对着自己的背影，下跪磕头，以谢师恩。

摘下剑鞘，留在地面。李尊吾放声喊："逐貉！这把剑，送你啦。你我师徒，永不相见！"

山腰住着一对夫妇。这对夫妇，原是叔嫂。家里穷苦，父母只能给兄弟俩中的一人娶妻。哥哥死后，弟弟娶了嫂子，羞于跟村人往来，搬到山上。

男人能干，盖了三间房，开辟果园菜园，在难走地段修出石阶。女人福相，肥润健康，总是兴冲冲劲头。

李尊吾早知他俩底细，他俩不知李尊吾存在。赶到他俩家，门闭着。门内传来高空大雁悲鸣的一声。

李尊吾便没敲门，走开二十步，候在院里。中国男人从小便熟悉女人叫床声，逢到新婚夜，安排八九岁男孩在窗外偷听，男孩越多，主人家越有面子。

这是天地自然之声，与寺庙诵经、学堂读书一样，可以清洗掉内心尘垢，打薄痛苦过往。最丑姑娘的发声比门内好听，原以为可以再听十年……

声止后，男人开门，一脸歉意。女人跟出门，把李尊吾当成入山过客，要问路或要水喝。他俩是煮米时，来了兴致。

李尊吾说自己住另一座山，想去五台山拜佛，来回一个月，十五两银子请人陪。女人欢喜："我陪您去！"

男人陪着去了。他叫陶二圣，死去的哥哥叫大圣。他三十九岁，携嫂入山十一年。

路上，李尊吾问："你有没有想过，抛弃你的女人，死前不留财产、不留孩子、不留绝技？"

"那还算人么？"

"你这话对。"

陶二圣发现李尊吾胡子上落了泪珠。

16 三重人世

南山寺工程仍未完成，斧凿刀刻响如海涛。记得普门住所在寺院外的山顶，一座茅草棚，低矮无门。

到达山顶，陶二圣告诉没有草棚，是所庭院，内有松树、鱼塘，具环廊的并排木屋，无窗无门。怎么听着像日式建筑？北京城内有买房定居的日本商人，李尊吾见过他们改建的房。

敲院门，出来位十五岁门童，光头白衣，红色领襟，拿石板粉笔，要求写汉字。李尊吾报出名字，他背下发音，回去通告。

允许入院后，要求脱鞋上环廊。环廊深处，坐着一人，面对院中松树鱼塘，窄额扁眼的傻子脸，是普门和尚。

门童带陶二圣去别房吃点心。李尊吾坐下，普门惊讶他眼盲，说京城有眼科世家金针张，可治脑流青障，养俩月即可复明。

李尊吾："早知道金针张，持病不治，是眼盲后，人变得敏感，对练剑法有益。"普门说也好，介绍面前的是日本园艺。李尊吾眼中是或浓或淡的光影，错落有致。

元朝末期，日本僧人步斋区林朝圣五台山，建三座石塔。六百年过去，石塔仅剩一座，被后来建起的喇嘛庙包含。

一九〇四年，日本龙晴寺僧人参拜五台山，查访到旧塔，请求在喇嘛庙里修建座大殿，作为"步斋区林堂"。

喇嘛庙，供奉雅曼德迦，是清皇室家庙，蓄有僧兵。僧兵不是出家人，是僧装的职业军人。主持大喇嘛以"家庙不宜供奉他人"为由，拒绝。

日僧又提出，既然是供奉雅曼德迦，由他们出资出技工，建一座雅曼德迦殿。藏传雅曼德迦牛首人身，日本的雅曼德迦是个骑牛者，人牛分身。大喇嘛以"制式不同"，再次拒绝，劝他们去对面山上的南山寺问问。

普门接待了这队沮丧的日僧，表态什么都可以在南山寺实现。次年，龙晴寺出资，派技工来五台山，修步斋区林堂、雅曼德迦殿，并仿照日本贵族原田氏的别墅样式，给普门建庭院。入住后，又派来七名用人，照顾普门饮食起居。

三年来，用人们的中文无长进，普门会了些日语。

普门："'汉奸'一词，庚子年才有，是慈禧太后骂李鸿章的。"

庚子年，八国联军进北京，时任两广总督的李鸿章联合两江、湖广、闽浙、四川、山东的总督巡抚"东南互保"，不北上救援，京城郊区两万西式装备的新军亦按兵不动，坐视皇室西逃，百姓遭殃。

八国联军中的七千德军是破城两个月后赶来分赃的，破城的七国联军总计一万六千人，英军几乎全是印度人，法军基本为越南、缅甸人，奥匈军八九人，意大利军十几人……对付如此杂牌军，大清本可取胜。

庚子之乱，表面是外国侵略，实则是大清内部改朝换代，汉大臣联手瓦解了皇权。但随局势进展，作为汉臣盟主的李鸿章，惊觉自己有推翻一朝的实力，却没有成立一朝的权威。去掉清室，将会军阀混战、国家分裂。

"有实力，无权威"也是李鸿章老师曾国藩的悲哀。一八五一年，太平军起义，占据长江，差点打到北京。汉人大臣以此为契机，创办军队，曾国藩为代表，灭掉太平天国后，手中兵力足以推翻清室，可惜欠一份权威，他如造反，同时崛起的汉臣必将群起而攻之。

权威，是各方势力的平衡点，需要漫长时间自然形成，不是聪明和暴力可速成。清廷统治两百余年，制约各方的惯性还在，于是曾国藩自解兵权，将推翻清室之事留给下一代。

庚子之乱，清室已如朽木，看似弹指可摧。作为曾国藩的衣钵传人，李鸿章发现他的处境跟老师当年一样，这块朽木是一个倒悬酒瓶的塞子，拔掉，便酒泄国亡。

只能寄望于第三代。李鸿章率"东南互保"的同盟者，向逃难的慈禧太后表示效忠，次年病死。八国联军撤兵后，山东巡抚袁世凯迎慈禧回京，接驾礼仪隆重风光。

袁世凯是第三代。慈禧回京后，跟他说的第一句话是：

"二百多年了，我们已经变成了你们，何必呢？"表明李鸿章的造反意图，她知道。

袁世凯应答："是呀，是呀。"慈禧又说："你这个场面，办得不错。我一生爱面子，让我有面子，就什么都好说。"

几句话，满汉权力交接完毕，重定天下格局。

自此汉臣把持军政实权，清室维持权威，成为各实力派之间的仲裁者，以保证曾、李、袁一脉的领军地位。

普门："我这辈子都在反清复明，哪儿会想到，原来清室不可以推翻。"

太后的话，说起来如同亲见，是个叫杨放心的人转述。今春，他交了三十两黄金做普门弟子。他是个满人，袁世凯下野后，却去投奔。他现在很有名，都说是袁府智囊。

听到"杨放心"，李尊吾垂头，一晃七年，仇家姐妹该生下几个小孩了吧……环廊地板有薄薄刻痕。手抚，发觉依木纹而刻，刀工之细，似天然长成。

普门介绍是日本用人们干的，在日本是个老手艺，名门大姓的环廊，都是刻纹地板。他们不是工匠，就是用人，闲就刻一刀，没空也不急。

"三流人干成一流事，不是手艺好，是不赶工。当今佛门衰败，后继无人，便是宋朝开始，历代宗师都太赶工了。"

唐宋之际，提倡"顿悟"的禅宗兴盛，成为佛门第一大宗，演出五小宗。宗师们追求速成，废读经打坐，至元明之际，五小宗有三宗灭亡。

禅宗顿悟法门，仅剩棒喝、话头二法，称为"速中速"。有人提问，宗师便一棒打去、一声喝断，或是教一句"狗子也有佛性无""念佛者是谁"的话头，让人闷头揣摩。

棒喝和话头，躲开对修行具体程序的说明，学人也无从判断宗师水准。北宋之后的宗师语录多不可信，许多和尚临终前要重金聘请文人为自己编造语录，赚后世声誉。

明朝末年更出现一个奇怪称谓——尊宿。明末四大高僧中的两位禅宗高僧——憨山和紫柏都是研读唐宋宗师语录，自修禅宗。没有禅宗传承，不能称宗师，只好称尊宿。

赶工，让禅宗近乎灭亡。

步骤严格的密宗，令普门遐想。每一宗的建立，都要经过典、本、论三步完善。典是以哪本佛经作为根本经典；本是法本，依经修法的程序；论，是宗师论述。

密宗在汉地没发展到论的阶段，便灭亡了，《大藏经》里的"密部"只有经典、法本。晚唐，日僧空海来华承受密法，移脉东瀛。密宗之论，完成在日本。

普门向日本龙晴寺僧人建议，以满人为例，整理中华古籍，是消除异族身份的方法。清朝乾隆版《大藏经》，超过历代佛书集成，赢得汉人亲近。如果日本想入主中原，该依照满人经验，出版一套收编更广的《大藏经》。

在龙晴寺鼓动下，编集新版《大藏经》得到日本军界政坛普遍认可，已成立筹备会，遴选出编委成员。乾隆版《大藏经》是集古大成，达到无法超越的饱和度。新版如要超越，只能加入日本的密宗之论。

普门："或许二十年或许三十年，这部《大藏经》编好，国人在书店便可买到。"

李尊吾："那时你我已不在人世。"

普门："那也不要赶工。"

碎石围沿的鱼塘中，落下片枯叶，激得红鳞黑斑的鳟鱼四散奔逃。

慈禧太后默许满汉权力交替，皇室贵族皆明白，说袁世凯是暗移神器——篡权最好听的词。既然皇室已承认袁世凯的实权，为何太后和光绪帝死后，皇室一纸诏书将袁世凯罢免？

普门："因为朝中无宝。"

朝中之宝，是拥有一批调和型老臣。十年来，荣禄、端方等老臣去世，各派势力的冲突呈凌乱化，也就是儿戏化。

罢免袁世凯，十分儿戏。即位的宣统皇帝三岁，其父载沣做摄政王，二十五岁。放弃能力最强、即位呼声最高的溥伦，因为慈禧太后本不是选皇帝，而是选族长，怕三十九岁正当壮年的溥伦想当有所作为的皇帝，与袁世凯火并，酿成大祸。

族长是调和型人物，不求大利求小安，载沣平庸自乐的性格最为合适。弃权保富，是慈禧为皇室策划的出路。

不料，慈禧过世后，载沣改了性格，联合青年新贵，要让大权重归皇家。

袁世凯如一个餐桌上遭后生揶揄的长辈，半恼火半可乐地接受免职。他是三代汉臣篡权的成果，以北洋新军为核心，延伸出银行、矿业、铁路、轮船招商、盐业、邮政等实业的"北洋集团"。

强大的经济输血能力，令北洋军不依赖朝廷饷银，成为有独立意志的军队。清廷只能免去他的职务，他制定的政策仍在有条不紊地施行。

最新的一项密令，是整肃街面。每当政局动荡，他都先稳街面。庚子国难后，迎接慈禧太后回京，他将北京、天津的混混几乎全部抓捕。

晚清死刑，只有秋天可问斩。袁世凯拿出曾国藩对待太平军溃兵的"就地正法"，不审而直接砍头。刚经过义和团、八国联军之乱的京津两地，立刻秩序井然。

天下大乱，首先是天下混混起哄，扰乱民心。袁世凯已居家一年有余，整肃街面，是他重返政坛的先兆。

普门："中华自古是三重人世：皇室、官绅、流氓。"

皇室独立于政府，专有一套管理、财经、军队体系，历史上的东厂、内务府、禁卫军都是皇室编制。晚清皇室垄断皮毛和人参买卖，是陶瓷、纺织业龙头，东北华北最大地主房主，并占广东海关税收的分成，都不向国库交税。

官绅是社会主干，在朝为官、在野为绅，以读书人为底色，在朝在野都是掌权者。他们以师承为纽带，每当变革，先以"学派"的名义行动。绅士是一地的民意代表，个人道德、学问、家族财富均可服众，与官员有师承关系，官员去一地上任，先要拜访当地绅士。

普门："史书是给皇室作传，家谱是给官绅作传，给流氓作传的是小说。"

明清小说中的主角多为书生闺秀，被混混迫害，得侠客营救。游侠是过路客，流亡贵族、遭贬军官，无亲无故，一旦出手，永不再来。小说华彩段落，是写江湖手段。

混混活动在街面，勒索商家、打架斗殴、调戏妇女，不敢杀人抢劫，因为不愿异地逃亡。混混是地头蛇，在一地盘踞几代，无业而有家。

皇室的本钱是血统，官绅的本钱是读书，以个人武力做本钱的是流氓。混混和侠客都是流氓，一阴一阳。

普门惨笑："'氓'字的本义是，断刃之刀、垂泪之目。你我是流氓。"

游侠可遇不可求，制约混混主要靠镖局，是镖师走镖归来、护院之余的自发行为。官府传统，不管街面，民众自理。

二十年来，随着火车轮船兴起，镖局尽数倒闭。街面少了镖师，袁世凯引入日本警察制度。但警察依法行事，混混作恶以不犯法为度。

民间的恶徒还得民间的强者来制约，一个替代镖局的特殊人群，成为时代的必需。袁世凯以天津界面为实验，要造出个新阶层。

　　皇室的人世在宫廷，官绅的人世在衙门，流氓的人世在街面。明清皇室侵犯官绅的人世，党争不断、腐败丛生。官绅历来不插手流氓的人世，一旦破了口子，不管起初有什么大快人心的举措，之后必生出比混混更大的祸害。

　　普门："民间的强者得民间自己长出来。"

　　杨放心拜普门为师，想借用他的名望，操作底层。普门："保住三重人世，才可不亡国。割地赔款都是外伤，人世是内脏，人世一坏，得了内伤，就再也挡不住洋人了。创造新阶层，不能由官员做，你去天津，由你造。"

　　李尊吾领命。

　　普门满意："十年前，我求死不成，今天可以求到么？"

　　忘身之应，剑掠划过普门脖颈。

　　一腔血喷出，如从普门身体里跳出个人，倒于席榻。

　　普门："死是这样的啊，好玩。"转成孩子失去玩具的悲伤，凝睛而亡。

17 抽心一烂

李尊吾付给陶二圣十五两银子，要他回终南山。雇了辆骡车去天津，骡车开拔，听帘外一串脚步不离不弃。

李尊吾喊："二圣啊，怎么还跟着呢？"

"来五台山的路上，你劝我抛弃女人。我想了好久，您说得对！我三十九了，该做点老爷们的事了。您带上我吧！"

唉，那时劝他，为说自己心事……李尊吾："你女人怎么办？"

陶二圣："她死不了。"

剑差一点刺出帘外。你不配有女人……李尊吾："上车吧。天寒路远。"

天津初级师范学堂，西配楼一、二层归天津地方自治研究所。天津议事局成立后，研究所完成历史使命，研究所人员去议事局就职。

空了许久的楼层，入冬后又住进了人。玻璃窗糊上报纸，白天不开门晚上不开灯。常传出斗殴声，夜里流水般抬出担架。

为控制街面，袁世凯发明了"武会"，模仿西方学校模式，将拳术课程化，面向社会普遍招生。由北洋新军出资，拳师待遇等同报纸主笔，一个月可买三百斤牛肉。招多少学生无所谓，主要为招揽武人，各派武人以教师身份整合在一起，便形成制衡混混的力量。

天津是北洋新军发家地，袁世凯的习惯是，大事都先在天津试点，民间监督政府的"议事局"便是经过三年试验，定型后向全国推广。武会定型也预计三年，杨放心是具体操办人。

哪知武人们相聚，要定尊卑。第一次筹备会议即闹崩，一直在比武，一人失手，师兄弟都会赶来助拳。

定尊卑先要定下个最大的，打了两个月，还选不出会长。一筹莫展时，李尊吾寻到杨放心家。

李尊吾："定我。"

最大的，可以是最厉害的，也可以是最麻烦的。七年前，他伤了京城混混二十余条命，只要露行踪，京城混混就会联合天津混混杀他。办武会，说到底是为对付混混，他是最好的开战理由。

杨放心："他们争会长打了两个月，为这点便利，就能让给你？"

李尊吾："武人内部争大，永无止息，一旦有外敌，大家却都想当第二代最大的，第一代老大往往是鱼死网破的牺牲品，第二代收拾残局，才真是当家做主。"

杨放心的家，是新购的小洋楼，远离师范学堂。没了夏东来，得杨放心提拔，他入北洋新军，在冯国璋部任职。

西式餐桌，按中式礼节摆成主桌陪桌。主桌，是杨放心和李尊吾，陪桌传来淡淡头油香气，是多年不见的仇家姐妹。

杨放心："眼盲碍事。天津有德国医院。"

闻着三步外的脂粉香，白浊双眼似死兽之目，李尊吾："武功到我这个程度，眼盲眼明已区别不大。你不是康、梁一党么，怎么成了袁府幕僚？"

杨放心叹气："康、梁成不了事。"

炒作戊戌变法而国际成名后，康、梁的人在美国成立公司，要求国内华商去美国经商都要通过此公司，收大额手续费，形同勒索。遇到有华商抵抗，便雇杀手暗杀，甚至灭门，妇孺均杀。

杨放心失望离开，康、梁之外是革命党，主张杀掉清朝皇帝，改朝换代。作为皇室家奴，他无法投靠。

杨放心："满人做皇帝是抢了汉人血统；皇家集权，错乱官制，变了汉人法统；但我们没坏汉人道统，遵循周王礼教、孔孟之道。留学生们则要以欧美文化置换道统，国土分裂不可怕，精神上迷失，才是抽心一烂，亡国亡种。"

"袁世凯可救国？"

"不信他，还能信谁？"

杨放心与武人谈判，意想不到的痛快，李尊吾成为第一任会长。

下面，就是等着北京混混来天津向李尊吾寻仇，之后武人们师出有名，以保护会长的名义，全部参战，与混混开打……

午饭过后，陶二圣都送李尊吾去师范学堂外的野林子坐，到黄昏还等不来混混，再把他接回来。

八天后，树丛里起了白浪。混混们将羊皮撑在头上，敲鼓围上来。鼓为腰鼓，皮鞭抽打。披羊皮敲鼓，是叫化子讨钱的把式，混混用来在庙会上掳漂亮女人，一拥而上，羊皮裹了带走，敲鼓为盖住妇女呼救声。也用此法当街杀人。

混混用雪片刀，刃长一尺三分，刃上涂药，伤口溃烂难愈合，是无德之刀。私仇，打过一场，才会变成公事。李尊吾要独自应付这一场。

盲人手杖里抽出剑，冲入敌阵。群战要诀，是找生门。四面八方被堵住，向最前面的人晃一刀，迅速转杀第二人。第二人与第一人差三十度角，自以为不是受攻目标，反应会慢。

第二人倒下，朝任意方向出击，不计得手不得手，立刻返身回刺第二人方向，此位置必有补充者，由于杀戮刚过，新人只是上位，精神未全，可一击得手。

以此循环，敌人包围圈始终形成不了联合打击，像给李尊吾打开一道道门。羊皮的白浪终于退去，遗落一地染血羊皮。

李尊吾右袖划破两道，后背划破一道。

武会出五位拳师，去混混老巢骂仗，宣布正式开战。混混们个个都有家，霸占二条东路上的火神庙做据点，五人自恃武功高，觉得门口骂骂不过瘾，进门砸东西，遭长枪伏击，专扎小腿的赵子龙十八枪，顷刻被刺倒。

五花大绑，雇骡车运回师范学堂。

招摇过市，武会丢了脸。

拳师们反击，十五人去抄火神庙，让乱枪扎腿，给逼出门，没讨回便宜。才想起李尊吾是会长，要他拿主意。李尊吾："免战。"

后几日，每到下午三点半，赶上师范学生下课，便有三十位混混持长枪而来，堵校门口，敲鼓骂阵。

忍到第八日，来了位头上无香疤的和尚，持根竹竿，表皮泛红，经沸油烫过。与铁器相碰不易崩裂。

和尚报名，粘杆处统领，阿克占老玉。

李尊吾天津现身后，他来信要投奔。李尊吾免战，为等他来。刺眼睛的粘杆处杆术，正可对付混混扎小腿的枪法。不料只来了他一人。

他一个人很久了，凭崔希贵给的线索，在江南寺院寻到粘杆处后代。百余年来，他们暗中娶妻，儿子长大后穿僧衣，一代代接管寺权。

攀上祖辈关系，阿克占老玉一支人被江南各大寺院分摊。

粘杆处与真和尚的区别，是头上无香疤。汉人古画里的和尚，并无香疤。清朝初年，反清义士逃避抓捕，剃光头、扮和尚是最快的伪装之法。朝廷利用唐朝零星的脑顶烫香疤事例，下令汉人和尚统一烫香疤，杜绝假扮。

以伤残身体表达虔诚，本是唐朝高僧批判的野蛮行为，千年之后，被指定为佛门正统。

到雍正朝，社会监察严苛，只有佛门可逃，南方反清志士宁可烫香疤当和尚。因此雍正皇帝让粘杆处接管江南寺院。

阿克占老玉在苏州宝谛寺剃度，任监院的同理[1]，每月份钱十五两银子。寺外享受一个独门私宅，他没有暗娶一个苏州姑娘，诚诚恳恳地学佛了。

五年后发现没有可以指点自己的人。高僧大德是棒喝作风，一进入深层问题，便不再言语，或大喝一声或举手便打，参访三十多座寺院，处处挨打，莫名其妙。

他启动特务手段，找到禁书《五宗原》。

作者汉月和尚是明朝末期人物，俗名苏三峰，号称"江南第一名僧"。江南出家的反清人士，大多归附在汉月一系，到雍正年间为汉月系第五代。将汉月禅法判为歪理邪说，就可以惩办那些人。

雍正穿上僧衣，取法号圆明，自称已开悟，代表佛教界判

1　助手。

定汉月为邪说。李尊吾："掩耳盗铃，天下能服？"

阿克占老玉："天下服了。"

天下很容易屈服。汉月著作被焚烧毁版，严禁流传，门徒被勒令还俗。还俗了，就可由衙门抓捕。江南第一名僧，后世无痕。

从此禅风大乱，师父不明徒弟程度，徒弟不知师父境界，凡来提问，便是一顿棒喝敷衍。这种形同做戏的禅法，阿克占老玉深受其苦。

禅宗宗旨是：直指人心。教者打破常识，求教者大吃一惊，会呈现一个孤孤单单的"我"，脱离现实的自我。禅宗棒喝没有玄妙，不过是让人吃惊的一招。一招过后，如何保持孤单之我，才是真正禅法。

汉月挖掘出"三玄三要"，以一句话，演化出句中、意中、体中的三重玄义，每一玄有三要。玄是玄妙，要是阶段，表示修禅有九次转化。

路径清晰，禅者有了自我验证的标准。这一句是："敢识佛祖么？听法人即是。"敢不敢见一下佛？就是你这个来听法的人呀。

求学者因这一句，大吃一惊，打破常识，这一句是语言刺激，称为"句中玄"。知我，是第一要；保持此我，为第二要；保持此我，会浮想联翩，生出各种灵感，欲罢不能，为第三要。

意中玄，是功夫作用，功夫能生变，所以玄妙。句中玄第三要的"欲罢不能"，随着日久功深，变得"能罢"，脱离浮想，为意中玄第一要；功夫更绵密，不用挣脱，而自然无事，为第二要；随着功夫更深，泯灭警觉，不做功夫，而此我惺惺惜惜，为第三要。

人归本体，淡而无味，却更为玄妙，所以叫"体中玄"。意中玄第三要，无功之功，而此我常新常鲜，可谓妙到了极处，但妙不能久炫其妙，必由妙而返淡。不再新鲜，为体中玄第一要；此我淡而无味，而淡淡然，淡中自有一番生机，为第二要；淡中生机作用人身外相上，身显体态威仪、口显随机应答、意显慈悲智慧，以一身之相，开启此我之广大功用，为第三要。

明末大画家董其昌是汉月的俗家弟子。他是文人画的一代宗师，以禅理入画理，推崇一种前所未有的"淡味"审美，援禅入画。

幸好雍正放过画坛。阿克占老玉看汉月著作《五宗原》，参考董其昌《画禅室随笔》，模仿援禅入画，将淡味入武艺。自信一人抵一队人。

下午三点半，混混们持长枪又来骂阵。阿克占老玉拎竹竿出去，哀号声起，混混纷纷弃枪，捂脸蹲下，如被蜂蜇。

混混们撤走，阿克占老玉的狭长脸上满是汗，紧咬嘴唇才没有喘出声来。能开口了，说他去二条东路火神庙，登门打架，要给他雇辆骡车，怕打累了，走不回来。

混混们闭了庙门，任阿克占老玉怎么叫骂都不应战。

群众围观，武会赢回了面子。

阿克占老玉解释自己的虚弱，没伤，是身体坏了。

投奔李尊吾，因为苏州宝谛寺已毁。朝廷颁布政令，全国废除私塾，开办西式中小学，办学经费要地方自行解决，给了建议，可征用寺庙的房产财物。

宝谛寺毁于办中学，当地官员占寺驱僧。阿克占老玉带领僧众反抗，可惜习武者仅他一人，不管挑伤多少只眼，官府洋枪队一到，只好扔杆。

官府将阿克占老玉交给当地议事局处理，议事局是乡绅参政、制约官府的民间团体，在天津实验三年，推广各省。

议事局设有水牢，不没膝盖的浅水，阿克占老玉觉得无所谓，皮鞭棍棒都不能让他哼一声，这点水算什么？谁想两腿泡一夜，人就虚了。水牢里坐不成睡不成，他走了三天三夜，第四天觉得要发疯，只得求饶屈服。

"常人熬不过两夜，我撑了四天，算条汉子吧？"

李尊吾："算。"

"打架打不长啦，我对您没用了吧？"

李尊吾："有用。"

"那就好，能讨口饭吃。"

武会的楼房，原是地方自治研究所，乡绅阶层监督政府的议事局制度便是在这里商讨定型。宝谛寺一事，议事局未能制约官员，反而联手造恶，侵吞寺产分了杯羹，为何会这样？

想为阿克占老玉讨回公道，李尊吾去找杨放心。

杨放心："岂止苏州一地，以办中小学为名侵吞寺产，是遍行各省的事。议事局是按传统乡绅的标准设立，不料乡绅变成了土豪劣绅。"

传统乡绅，有地产、功名、德行。有地产，便有长期佃户，甚至是几代人情，以"减租、赠地"的方式，将佃户吸收进家族体系，成为家族外围。因此地方政府搞苛捐杂税时，乡绅会以自保意识来保护农民。

有功名，是科举考试获得名衔。科举，是皇帝代天所选，名义上都是天子门生，考上了，见官员不用下跪，身份平等。

有德行，是常年处理集体事务，有"公平周到"的个人口碑。名誉由乡志、家谱、立碑来确立。民间有独立的名誉系统，便有独立人格，反而官方要讨好民间，对年老德劭的乡绅送匾赞美。

十年来，炒股开矿都可让人一夜暴富，新一代乡绅已脱离土地，入住大城市，田产只剩收租意义，佃户不再是家族外围，成了剥削对象；一九〇五年废除科举考试，读书人丧失神性，低官员一等，成了权力附庸；报纸大量涌现，覆盖了乡志、家谱、立碑，民间口碑越来越无力。

传统乡绅的基础在崩溃，渐变为追求暴利的人，再难代表民意。

袁世凯的设计，没赶上世事变化。

杨放心："全国乡绅约占总人口的百分之二，这个比例正是日本明治维新时武士的比例，日本变法靠武士，中国变法靠乡绅，得想个法子遏制住乡绅变质……"

李尊吾："什么是武士？"

杨放心全无兴致，还是说了："是个错误词汇。"

士——春秋时代的最低级贵族，去战场是武将，回朝廷是文官，戏台上场口贴"出将"，下场口贴"入相"，就是士的典故。士本就文武双全，武士——武的文武全才，文理不通。

日本武士处理政务，等于中国文官，但日本历史上少有中央政府，多是地方军政，不是国家官员，是诸侯的家臣。宋朝以后，文官武官分流，读书人不再习武，日本武士在文官技能之外，保持了习武之风。

武士是政府的官，不是民间的绅。

这就是中日变法的不同。明治维新是贵族阶层被小官僚取代，成为社会主流，袁世凯策划的变法，是以民间系统取代官僚系统，成为社会主流。如果乡绅阶层变质，变法就没意义了。

听着杨放心的话，李尊吾忽感二十步外出现团热气。杨放心幸福地说："我儿子，快六岁了。"

这团热气蹦跳而来，带着淡淡奶香……杨放心："让伯伯抱抱。"

李尊吾："不不，衣服穿好些天，别弄脏孩子。"还是搂住了他。下巴贴在他头上，探测他脑袋大小。很小的孩子，这么小。

他在怀里乖乖的。我的样子这么怪，如果是寻常孩子，早就吓哭。只会是仇小寒的孩子，他因为母亲，天生对我熟悉……

杨放心打趣："李大哥，这孩子跟你有缘，过继给你当儿子吧！"

李尊吾："我是命薄之人，给了我，折孩子福气。"松手，小孩如离弦之箭跑走。

18 打门

　　师范学堂来了五十名混混,领头者面色灰暗,常年失眠的苦涩眼神,张口京腔,麻利好听。天津是满人窝子,满汉通婚的青年男女,十之八九私奔到天津,街面上炸麻花、烙烧饼过活,带得遍地京腔。

　　领头讲,混混自相残杀,早死早亡,三五年换一茬新人。李尊吾结的仇在七年前,早没了直接的仇家。只是李尊吾当年杀京城混混,京城百姓都记得,新一代混混不来打一架,面子上不好看。打过了,就完事了,京城混混已离开天津。

　　现在,是地头蛇对地头蛇,是天津混混跟武会的事了,得按天津规矩来。

　　领头:"你们选个人出来,他打我三拳,我打他三拳,输赢不在当下,半个月里,谁死谁输!"

　　李尊吾笑道:"才打过两轮,第三轮就要玩出人命,这么不经玩,你们是不是没人才了?"

　　领头平平静静:"话不是这么说,竹竿、长枪都是花哨玩意儿,我是混混里最大的,您是武会最大的,咱俩见面,得硬碰硬。"

李尊吾："敢问尊姓大名？"

"胡邻炭。生我的时候，家里穷得生不起火，借邻居家的热水接生。贱吧？打架出名后，街面上称我胡三爷。您随便叫，哪个都行。"

李尊吾："胡三爷。"

胡邻炭："李大爷。"

两人拱手作礼。礼到了，便要开打。

一人掠过李尊吾，抢在胡邻炭身前："我的功夫是师父的零头。我代劳！"是邝逐貉，退到李尊吾身侧低语，"您下山后，我就远远跟着您下山了，没回木阁。"

胡邻炭龇牙笑了："李大爷，您门下欠管束啊。"李尊吾盲眼张开，瞳孔浅灰："劳你管束，给他三拳。他输了，就算我输了。你占便宜。"

胡邻炭："嘿！您这话……"老大不情愿地上前，甩袖子一样出了三拳，抽在邝逐貉衣褶上，似是连肉都没碰到。

轮到邝逐貉，一拳下去，胡邻炭跌坐在地，龇牙站起："好小子，有你的。"

第二拳，胡邻炭飞出，摔入身后混混群，捶胸揉腹地走回来，一路唠叨："真拿爷爷当陀螺抽啊！再来！"

第三拳，被打得原地腾空，身子横起横落，摔个结结实实。

跑上四五个混混搀扶，胡邻炭向李尊吾抱拳："半个月见真章！谁死谁输。"由混混抬了，乱哄哄行出校门。

李尊吾带邝逐貉去了学堂外的野林子："后面日子，你会一天比一天难受，他看似无力的击打，伤了你内脏。"

混混继承古战场两项武技——虎尾鞭和赵子龙十八枪。虎尾鞭是竹节铁鞭，长四尺五分，重四斤四两，看似笨拙，全是巧劲，一抢之下，刀枪尽折。

混混将虎尾鞭巧劲，演化成空手打人，当场无伤，可让人在十日后毙命，最长四十几日。由于隔得日久，告到官府，也无法判成人命案。在明朝末年一度泛滥成灾，明朝富商买凶杀人，不是聘刺客，是雇混混，安全无后患，还可预定死日，误差不超过两日。

所以混混也被称为"打门"，靠打死人赚钱的一行。明朝混混的老手艺，清朝混混会的已不多，胡邻炭应是一个。

李尊吾："无药可救，也不用药救。形意门有虎豹雷音，发声可自救。感谢胡三爷吧，他不伤你，你也得不着这艺。"

上古之人，大啸而抒情，大啸而长生。到舜帝时代，模拟啸音，制木为琴。琴生啸废，从此世人玩琴而忘记啸。战场大将多有当敌大啸记载，便是上古余绪。

啸法留存于武人中，在形意门叫虎豹雷音。上古时代，无医少药时，以啸来自医。大啸不是大喊大叫，抵齿吹气为啸，舌头藏于上牙之后，翘舌吹气，出不出声都可以，出则惊天地，不出泣鬼神。舌头受吹，向左右舒展，便提起肾气，可救五脏六腑。

李尊吾嘱咐，找清净无人的水边，太阳升起来才练，过了中午不用练，十五日回来。邝逐貉磕头谢恩，起身而去。

十五日后，邝逐貉活着回来，李尊吾陪他去火神庙。胡邻炭承认，混混又输了武会一场。

李尊吾问下一场怎么打，胡邻炭说他压箱底的就是虎尾鞭了，李尊吾说形意门中等长度的兵器是尺子刀。胡邻炭不好意思地笑了："我当然打不过您，不是咱俩打，半个月里各调教出二十人，二十对二十。"

李尊吾："形意门自古秘传。"形意门武技来自古战场，本是群战的东西。探究本门武技真相，不算对不起祖师爷……

"你让我来了兴致，二十对二十。"

将形意门武技，白给其他门派分享，对不起祖师爷。李尊吾再提条件，为保证绝对公平，选人得用生手，双方在师范学堂里贴告示，让学生们自由报名，各选出二十人。

"咱俩比武技，还比调教。"

胡邻炭龇牙笑了："从没接触过洋学生，您让我来了兴致。"

报名踊跃，学生们对混混的虎尾鞭更感兴趣。教人得用眼，李尊吾仍不愿治眼病，跟邝逐貉说"你是我的眼"，让选出的二十名学生给邝逐貉磕头，立下守秘誓言。

他教人，得时时汇报学生状况，请我拿主意，会说许多话。师徒间能有这么多话可说，真是快慰……

快到半月，李尊吾和胡邻炭达成共识，时间定得紧了，延成一月。

快到一月，仇小寒寻到师范学堂，校门传达室通报，是杨家大奶奶。旧习俗，奶奶原指男主人的妹妹或兄弟的媳妇，现今成了对一家女主人的称呼。

乱叫奶奶与乱叫和尚一样，都是清末事。庙里能讲经的僧人才叫和尚，一座庙只能有一位和尚，其他僧人叫沙弥[1]或阿阇黎[2]。现今，所有僧人都称作和尚。

"多谢大和尚，我想跟李大爷单聊两句。"

阿克占老玉领她来的，开门出去。记忆中，她脖子长，如迎阳光而长的竹笋……她："您买个回民老人戴的水晶眼镜吧，白着眼，瞅着怪吓人的。"

婚后的她，如一根刨平的木料，直爽豁达。

李尊吾："我买。"

武会教唆师范学堂学生打群架的消息，传遍天津城，杨放心观察半月，见李尊吾真要这么干，派她来传话，请罢手。

杨家有六个北洋新军士兵站岗，还有秘书文书，怎么也轮不到她来。杨放心小人，要测测他对她还有没有心……

1　受戒人。
2　传法师。

她说，对李尊吾上心干的事，出言叫停，杨放心不好意思，所以没直接请来家里聊，派她先来表态。男人间不谈尴尬事，由夫人出面，是晚清风俗。

噢，想错了。她是大奶奶了……

李尊吾答应罢手，仇小寒带他回家，杨放心到大门口迎接，拱手行礼："得罪得罪。"

坐落后，李尊吾言："知道您好心，要保护学生。"

杨放心苦笑："我是保护混混。"

古战场习俗，战前吃大锅饭，以示团结一心。秦汉时诸侯谈判，在一个锅里手捞分食，表示达成共识，"共"字本是煮食品的鼎形。

京津两地的混混又称锅伙，打架前，要在一个锅里吃饭，便是此遗风。混混最初来源于军队，有武技传承，是实用杀技。

另一个来源是破落贵族，游手好闲久了，做不来生产，便滑到底层去了。京城有鸟笼阵，败了家的八旗子弟勒索店铺，用几十个鸟笼堵门，不交钱不撤，便是古时贵族变混混的活影子。

李尊吾苦笑，武人的来源，也是败军兵将和遭贬贵族两大类。败军为"氓"，流落在民间的溃卒是流氓，武人跟混混同源，都是流氓。

杨放心："混混是堕落人群，但臭水沟也有臭水沟的用处。官员耻于跟混混沾上，对于官员，混混也像酸秀才，以不给面子为荣。"

独立于官府的混混，是社会之福。最有为恶力量的，恰恰是官府。一旦官员跟混混联盟，借混混为恶，便世态破坏。

混混街头滋事、勒索店铺，本质是一伙闲人，无产业无宗旨，便危害有限。历史上反清的地下组织，现今改头换面，以商业社团的方式出现，街面上控制零售商，河道上搞走私，称为会党。广东、四川的街面已由会党控制，见不到混混。

这种趋势在向北方蔓延，会党与革命党结盟，一旦作乱就是毁城伤民的祸事。

杨放心："在袁公的谋划里，武会不但要制约混混，还要保留混混，不让它变味。"

回到师范学堂，李尊吾呆坐许久，到临睡钟点，开口吩咐陶二圣："明早上街买个回民老人戴的水晶眼镜，颜色越重越好。"

临到一个月后开打时间，李尊吾请胡邻炭在南河沿吃饭，天津近海，河水温暖，饭馆佳肴，是入河度冬的海鱼。

胡邻炭客客气气："知道您用心，拉学生打群架，惹老百姓反感，你我不体面。这场架您不敢打，我也不敢打。"

李尊吾："空过这次，之后武会混混是再约架，还是和了？"

胡邻炭："跟以前的镖局一样，不战不和。下面的小人物是战，街头事故多，免不了隔三岔五打一场，世上总有善恶。咱俩是和，平时不来往，遇上大事，好说好商量。"

李尊吾："甚好。"

胡邻炭敬酒："下次咱老哥俩见面，定是出了大事，不会有今日悠闲，今日要尽欢。"

李尊吾碰杯："火神庙这地方，我看上了，你一周腾空，我带武会搬进去。"

胡邻炭："啊？我好言好语的，你怎么欺负人呀？"

李尊吾："咱俩是和了，让老百姓看的，得是武会胜混混一筹。邪不压正，是你我给人世的交代。"

"邪不压正，是对的……"胡邻炭思考半晌，"火神庙我们霸占久了，转给您吧。只是有一样，日后混混遭欺负，武会得伸把手。"

"混混还受欺负？"

"唉，南方来了位黄先生，代表会党，要收编天津混混。我没答应，或许麻烦很快到。打听出他是搞暗杀的出身。"

"正邪不两立。武会决不会帮混混，我个人为你个人伸把手。"

19 武与士

　　混混霸占了南河沿海鲜市场旁的关岳庙，武会在火神庙挂上"武会筹备所"的牌子。百姓口碑，邪不压正，可以踏实过日子了。

　　火神庙是两重院落，寺庙院子大，正可聚众习武。混混过的是懒惰堕落的生活，不保养房子，墙壁酒污斑斑，常年积臭。

　　等房屋粉刷，需段时间。杨放心找到师范学堂："怎么就走了呢？"他已买下学堂后面野树林地皮，将来盖房围院，连师范学堂的西配楼一块划给武会。

　　李尊吾解释，武人的地盘该自己打下来，搬入火神庙一年后，不再接受北洋新军拨款，武会自行从民间筹款。

　　杨放心："老哥哥，您这是要干吗？武会是袁公谋划，您是想甩了袁公？"

　　李尊吾："我还想把武会的名字改了。加上个'士'字。"

　　日本武士其实是家臣，经济和精神皆不独立。中国的"士"，是能文能武的人才，为国事帮忙，与王者之间行的是友道，不是私人幕僚。

李尊吾把"武会"改为"武士会"，与日本武士的用意不同，表明底层武人嫁接了士的道德。

杨放心不以为然："日本武士原本身份低微，作为日本民族魂的武士道，是为了一九〇四年打日俄战争，急需建立民族自信，才立武士为偶像。经过政客策划、文学家响应，迅速造出大批美化武士的小说和新编史料。你建立中国的武士道，拿不出有名堂的宗旨，会招人笑话。"

李尊吾："已有。"

武士不进取，进取说明自身匮乏，武士之道是等待之道。等人求教，等人求助。

武士易于亲近，不易合作。武士做事不求回报，不给人以酬谢压力，不是易于亲近么？武士明辨是非，不助纣为虐，不是不易合作么？

武士特立独行，对过去之事不后悔，对未来之事不疑虑，过失的话不说两次，流言蜚语伤不了他。武士保持威严，因为不钩心斗角。武士待人和善，因为不受胁迫。武士生死从容，因为不受侮辱。

武士不自保不逃亡，武士不是游侠，是在城中定居的人。百姓以武士为楷模，遇到暴政陷害和暴徒追杀，武士也不改变住所，因为武士的房子，是城中的道德象征。

杨放心："不躲不逃，不怕被杀？"

李尊吾："每个时代都有很多被杀的人，武士的死尸也是武士的房子，被陷害的武士是时代的必需。民众往往只从受难者身上，才能看明白道义所在。"

武士之道，是安居之道。默默居住，不需要面对恶劣之人显示自己高尚，不需要与人争斗显示自己高明。武士不垂头丧气、不趾高气扬，对待相同意见的人不赞扬，对待不同意见的人不诋毁。

贫穷和怀才不遇，是武士的修行，检验自己是否失志；财富和施展才华，是武士的修行，检验自己是否失德。

武士之道，是远离之道。听到朋友的流言蜚语，绝不会相信；与朋友志趣不合，只会选择远离。武士远离官场，因为做官便可以谋私，武士远离污染。

杨放心："在城里建立武人组织，是袁公把控世情的措施，你的宗旨，要取消军政背景、独立存世。我无法答应。"

李尊吾："对付混混，武会足矣。但世态变化，会党要取代混混，乡绅里出了土豪劣绅。武人经济不独立、行动上无宗旨，便只是北洋新军的一伙雇佣打手，没法在民间生长壮大，会党劣绅一旦成势，大势一遍就散了。武会只有变成武士会，才能应付变局。"

杨放心思考半晌："袁公跟我定了三年之约，我也跟你定两年。两年实践，您的想法在世上无效，我要终止放权，武士会还属于北洋新军。"

武士会成立日，举办酒宴。宴会主客是杨放心，带五位议事局乡绅捧场。创办人将自己定为客人，是让武士会自治。

请客规矩是主人提前十天送请柬，请柬是红柬黑字，以白色信封包装。客人在宴请日前三天，将谢礼送到，为二斤猪肉、一篮水果。杨放心的谢礼送来时，传话："再写一封请柬，主客之上有贵客。"

贵，是官位，官员来民家才可称为贵客。只写"李尊吾顿首"的主人落款，加盖武士会朱红印章，由杨放心代转贵客。

次日，再传话："杨先生问有没有设马桩、仪门，没有，快建。"

马桩是官员访民家，民家在门口立的一根拴马桩，后变成距大门五十米，横跨路面，以竹子彩纸扎一座牌楼，表示为贵客新建了一道门，称为马桩。

仪门原是官府专有，县衙门第二道门便是仪门。高官来民宅，民家模仿衙门，大门内建一座左右无墙、只有门框门板的门，官员走后，此门关闭，家人不能过此门，要左右绕行。

马桩在外、仪门在内，是正门的夸大。汉人以门的隆重表达敬意。

只剩两日，急雇扎彩匠、泥瓦匠，请来大饭庄礼宾师调教武人礼仪，另雇了懂礼节的二十名用人。

汉人除了官员朝服、婚丧之服，平日无礼服，以新衣为礼。武人们穿上订制的新衣。

餐厅铺地毯，毯上铺毛毡，厅顶挂灯笼和编成牡丹花的红绸。厅内左右布置两排椅，先不上桌子，选十余位拳师做陪客，站在厅内等候。

阿克占老玉不再穿僧袍，大衫套马褂，陪李尊吾站在厅口台阶下，杨放心请的乡绅到来，与阿、李二人行礼后，用人引入厅内，由陪客安排座次。乡绅带来的随从由用人领到厢房歇息。

马桩、正门、仪门皆安排两名武人，代表李尊吾迎客。杨放心来时，李尊吾移步到正门和仪门之间位置迎接，以示格外尊重。杨放心由阿克占老玉引入厅内就座。

杨放心在马桩处留下一名士兵瞭望贵客来临，士兵未着军服，穿日常装，在做客、祭祀时穿官服，是失礼的事。士兵通报声传来，李尊吾和阿克占老玉疾行到正门外迎接，寒暄过后，穿过仪门，亲领入厅。

乡绅皆起身，称呼"正使大人"或"都统大人"。

座落后，以盘子托倒好茶的茶杯上来，依次请客人取茶。茶杯无盖，饮一口后，客人说："请收杯。"

用人收杯出厅，上龙眼汤。饮汤后，客人随从出了歇脚的厢房，拿出烟管烟袋，托用人带上厅，供乡绅们点火吸烟。

吸烟后，阿克占老玉代表李尊吾，引大家去书房小坐。书房是待客专用，角落放个书架做装饰，有贵客在，众人没言语，只是抽烟。歇过十余分钟，再由阿克占老玉引回厅内，此时桌子已摆上，设好酒具餐具。

就座的次序已事先定好，彼此谦让一番后落座。厅内八仙桌七张，一张坐四人，五张桌以乡绅坐主位，摆在大厅左右，居中一张为主桌，但空着主位，杨放心坐在主位右侧的次尊位。

主桌不设主位，说明主桌之上还有尊桌。主桌北方置一张单人桌为贵客座，尊位右侧一张单人桌作为贵客陪桌，陪桌人是师范学堂的总办 [1]。

主人居于卑位，李尊吾坐于厅西一桌的南端。

菜上四番，一番上三盘，都是新菜上旧菜撤，客人动得不多的旧菜，会再放一番后撤去，但此盘旧菜不能吃，作为摆设。每一番菜，六七分钟即撤下，酒宴本为喝酒，上菜是走个样子。

菜肴过后，上肉汤，喝了汤便不能再夹菜。汤过后，即是饮酒时段。

用人上一只犀牛角酒杯给李尊吾，阿克占老玉领李尊吾到贵客桌，李尊吾双手将酒杯敬给贵客，贵客饮后，斟酒回敬李尊吾。

李尊吾饮后，贵客告辞。官员赴民宅酒宴，不动筷子，任四番菜上了撤下，饮一杯酒即走，不是摆官架子，是官员自

1　校长。

律，以免他人不能放松，给酒宴扫兴。

杨放心作为主客留在厅内，李尊吾、阿克占老玉、学堂总办三人相送，穿仪门，直送到正门外，待贵客过了马桩，才回身往里走。

学堂总办："这里不会再来那么大的官了。"阿克占老玉："他是谁啊？"学堂总办："北洋军第一镇都统冯国璋。"

袁世凯麾下的北洋大将以一龙一虎一犬著称，龙不能现身，幕后策划，搞阴谋者需要深藏；虎不能下山，下山则吃人，有蛮不讲理的霸气；犬不能叫，叫则祸起。

龙是王士珍，虎是段祺瑞，犬是冯国璋，因他长期牵制满蒙骑兵，最好无声无息，一有消息，定是兵灾。

回到厅上，李尊吾继续以犀牛角杯敬酒。犀牛角杯之礼，是主人斟满酒后，道："奉敬一杯。"双手捧给客人，客人双手接过，道："敬领。"饮尽后斟满酒捧向主人，道："回敬。"主人道："领杯。"

先敬主客杨放心，敬完后，由作为第一陪客的学堂总办持犀牛角杯向五位乡绅敬酒，主人站在主客桌前等待，第一陪客敬完后，主人向乡绅敬二番酒。等待时，李尊吾悄声言："冯国璋！怎么请到这么大的官？"

杨放心："还要大，他是代表袁公。"

李尊吾敬过乡绅后，用人撤下犀牛角杯，进入自由时段，每桌陪客与乡绅随意相互敬酒。可以站起，可以各桌遥视敬酒，但不能串桌走动，以免凌乱失礼。

酒酣时，请南方昆曲班上场，艺人不着戏装，以一笛一箫伴奏，演唱两曲。京津地区以江浙建筑、江浙女子、江浙艺人为高雅。

两曲过后，便退下。每桌再上十二盘菜，上至第九盘菜时，会站起一位乡绅道："已是酒足饭饱，不必再费心。"李尊吾起身表示："无甚可口菜，怠慢得紧，请宽怀畅饮。"

至十二盘上齐，一位乡绅站起："请收席。"李尊吾："若酒已足，则请吃饭。"乡绅代表全部客人表示："酒已过量，不需再用饭。"

请客行的是酒礼，一般不会吃米面。菜盘撤下，用人将脸盆架抬上厅洗手，盆中已盛热水。洗手后，上一道茶，配以回千。回千是一碟糖果、肉干的零食。

用人给主人拿上一套什锦杯，什锦是"杂"的意思，一套五杯，每杯颜色不同，青、黄、红、白、黑五色。李尊吾轮换五杯向乡绅敬酒，乡绅回敬。

喝过一轮，杨放心代表众乡绅表示："多蒙盛设，实不敢当，好收杯。"李尊吾应答："岂敢岂敢。"又敬一轮酒，撤去回千碟，上一道茶。

茶后，杨放心起身："今日相扰，蒙赐佳肴，多谢多谢。"李尊吾答："慢怠慢怠。"每桌乡绅向同桌陪客道谢，陪客回礼："岂敢岂敢。"

众人前后出厅，在厅口一停，杨放心道："不劳远送。"李尊吾道："再容少送。"

绕过仪门，送出正门，方算酒席礼毕。天津已没有人抬的轿子，乡绅皆乘骡车而来，道声"得罪"后上车，杨放心领队离去。

作为第一陪客的学堂总办留下来，跟众人回厅，重上菜盘，重请昆曲班吹奏两曲，饮酒祝贺宴请成功，名为"洗厨"。

学堂总办不待洗厨结束，听完一曲，起身告辞，由次主人阿克占老玉送出正门。戏班退下后，散了用人，厅内剩下武人，再上菜肴，顿时礼仪全无，大嚼大喝，猜拳骂街。

昆曲师傅退下，落子班上厅。

落子热烈俗艳，情色味重，女角被讥讽为行同暗娼，京津两地，落子不入城。拳师们听不懂昆曲，偷偷请来。

一夜落子戏，武士会成立。

20　异端

来年十月十日，武昌新军起义，新军是西式装备军队，张之洞生前创建。次日，发布公告，宣布成立军政府。传说是辫子引发的暴乱，武昌官员要将剪了辫子的士兵作为革命党捕捉。

清廷应对之法，是紧急颁布"剪留辫子凭人自意"的法令。辫子是满人发型，强制汉人梳了两百余年。自废统治象征，仍于事无补，武昌起义军不买账，各省纷纷宣布独立自治。京城朝野，呼吁袁世凯复出平乱的声音越来越高。

十一月二日，摄政王以政府名义任命袁世凯为内阁总理大臣。资政院总裁溥伦抗议此项任命不合法律程序。资政院是国家议会。

十一月十日，由资政院选举，任命袁世凯为内阁总理大臣。至此，中央系统内的满汉权力交接完毕，曾、李、袁三代汉臣"暗移神器"的谋划得以实现。

动荡之际，袁世凯八年前向全国推广设立的"议事局"，收到成效，各地起义军建立的军政府，多依靠当地议事局，自觉听从乡绅意见。绅军联盟，绅在军之上，是治安保障。

破坏势力是会党，以哥老会、三合会为典型，因帮助过革命党，南方的中华民国临时政府成立后，会党自诩革命功臣，抢钱抢权，祸乱乡里。

各地骚乱多是从哄抢满人商铺开始。李尊吾与胡邻炭见面谈判，胡邻炭表态："吃惯了天津满人做的麻花、烧饼，不舍得伤他们。"

天津无会党，混混不抢劫，天津街面平安无事。杨放心操盘建立武士会，收到成效，得袁世凯嘉奖，调去京城。一九一二年一月底，来电报邀李尊吾上京，按照天津武士会模式，联合京城武人稳定街面。

胡邻炭得了消息，派人捎来天津特产，一盒冰糖麻花、一包芝麻烧饼，带口信"您走了，南方黄先生来了，我不好办"。李尊吾让邝逐貉送瓶酒做回礼，附上封信，写："我的功夫，此人得了六成，可为你挡刀挡枪。"

邝逐貉是带着麟鞘剑、衣箱去的，未显露不情愿，痛快领命，做了混混。

不动武士会班底，只带阿克占老玉和陶二圣上京。临行日，李尊吾和武人们吃了顿大锅饭，古代军队遗风，以在一个锅里吃饭，表示上战场后同心同德。是鸡蛋炒米饭，油腻热乎。

临入火车站，阿克占老玉止步："庚子国难后，太后回京，头档事是颁布满汉通婚，满汉成一个种。东三省、蒙古、新疆是留给满人子孙的禁地，也与汉人分享了。"

汉人不领情，大清建国之初，杀戮过重，民间记着仇。汉人乡绅们多是"保国家"，以不亡国为底线，清室可废。汉人官员们才要"保大清"，认为大清一亡，列强各扶持一股势力，国家就分裂了。最快的分裂法，是民族分裂。

"李大哥，不陪你北上了，我要南下。"

现今满人，祖先的冷酷精明已被两百年享乐稀释，变成碎嘴唠叨、磨磨蹭蹭的热心肠，很适合做朋友的一类人。

"天津来了好多逃难的外省满人，汉口杀的满人多，西安杀得更多……"握竹竿的手咯咯作响。

李尊吾："你去汉口？"

阿克占老玉："要能活下来，再去西安。"不道别，转身而去。

李尊吾嘱咐陶二圣："留下我的箱子，你跟老玉叔走。"

陶二圣："他去汉口，为在街头救满人，必跟汉人对杀。我怎么办，帮汉人还是帮他？"

李尊吾："不是叫你帮他，叫你把他的尸体带回来。"

一根竹竿如何敌过满街暴民？李尊吾低吼："别啰唆！走！"

箱子啪地落地，陶二圣已在五步外。中间挤着七八个人，他怎么穿过去的？李尊吾暗叹，他还是学到了点东西。

杨放心还住冰窖胡同老宅，李尊吾先去宣武门教堂。教堂门房问如何通报，李尊吾："师哥。"

看门人弹簧般站起。八年前，便是一个自称"师哥"的人刺伤了被京城教民视为圣徒的沈方壶神父。

李尊吾："不伤你。别动，我认得路。"百步后，有水气花香。

沈方壶还在花房，捣鼓个花盆，给株花换土，停手道声："师哥。"土壤是腐败的，却又是香的。

李尊吾："我是来取剑的。"

八年前，飞剑刺入他小腹。此剑是谭状非遗物，宋朝忠烈文天祥的凤矩剑，拔剑则腹破肠流。沈方壶起身，搓掉满手土粒。

李尊吾："你的鳞鞘剑，我送人了。"终南山上，剑扔给了邝逐貉。形意门规矩，师弟的性命与财产，师哥需要，师弟要奉献。

沈方壶："那剑原是我抢来的，师哥送人，消了我罪孽。"袍袖里飞出一物。

李尊吾抽出盲杖里的剑，那物粘上剑尖，转两圈，乖乖下滑。抄住，是短如小臂的凤矩剑。长年藏在沈方壶袖中，杀气全无，通体人气。

盲杖剑飞去，沈方壶抄住刀柄，洗衣女抖衣般抖去冲力："我死，师哥要帮我办件事——传教三年。"

作为马尼拉教会的高才生，有资格看教会收藏的异端著作《拿戈玛第文集》，一般教士禁止阅读。公元四世纪，教会焚毁了保存上古文献的亚历山大图书馆。放火原因，是传说图书馆里有一本《拿戈玛第文集》。

他看到的是十六世纪抄本：世界并非上帝所创，是魔鬼所创，恶是世界的本质。大自然的美丽也是魔鬼的骗局，所有哲人、艺术家都是魔鬼的化身。

人能感受到痛苦，因为人就是上帝。上帝被魔鬼分解成人类，再凝聚不起反抗的力量……

李尊吾的盲眼中是金刀圣母被切开的下体，牡丹花瓣般绽开的血肉中有一尊紫金佛像。洋兵奸污她后，硬塞进去的。她赤裸的身子在地上扭动，如一只被竹签戳中的肉虫。

水晶镜片后淌下行浊泪："世界本恶——不忍传此绝望教义。"

"我不强求。"

李尊吾疾闪，右臂中剑。沈方壶偷袭得手，擦地滚出七尺。凤矩剑换到左手，李尊吾蹲姿追至，插入沈方壶胃部。

握剑的手丧失知觉，生死之约不过是故人相见的借口……以偷袭，激我反击，师弟是求死。

胃血上涌，自嘴流出，沈方壶递上串钥匙，交代他刺死程华安的地方，是和平门内西新帘子胡同六号房顶。十年前，他买下此院，种了棵桃树，每年老程忌日，都去祭他。

沈方壶："你身后十五步，有……拿给我！"断了气息。

十五步外，搜出尊半尺高瓷像，圣母马利亚。瓷像放于沈方壶手中，手无握力，瓷像滑下，贴手落定，如一对并卧而眠的夫妻。

西新帘子胡同离东交民巷隔两条街，走入百米，有庚子年烧塌的房舍，一直未清理，瓦砾上搭木棚，住着位老太太和一只猫。

老太太一家有先见之明，庚子年早早去乡下避难。这条胡同离使馆近，好几家闺女给祸害了，好几家房给烧了。大乱之后，毁房之家建了新屋，唯老太太一家人没有回来。

去年，老太太回来了，庚子之乱，洋兵对郊区村庄杀戮更狠，她的子女被杀光，投靠亲戚过活几年，受了气，一人回来，靠邻里救济度日，要了个猫崽养。

六号院在胡同深处，独门独院。锁扣弹开的清音，令他害怕。

院子不大，有棵桃树。"老程啊，我早早就不想给你报仇了。你不在了，我就剩下这么个师弟……你是我朋友，你三十七、我三十九岁认识的，他是从小就跟着我。可我今天还是给你报了仇。我有点怕你了。"

21　登天

　　东直门木材场旁的小庙，门前空场，崔希贵教拳，早晨五点来人，教到上午十一点，徒弟们走干净。崔希贵往庙门走，忽然一步跌在地上。

　　视线余光中有道人影，起身后几次疾转都见不到人。心下明白，来了高手，自己转身时已闪到身后。

　　又行三步，再次摔倒。崔希贵抱住两腿，坐地不起："是哪个老哥们跟我开玩笑啊？"

　　身后转出一人，是李尊吾，笑脸扶他。崔希贵发火："幸亏徒弟们走了，要看见了，以后我还怎么教人？"

　　两个饭庄伙计拎食盒而来，送入庙内，径自摆桌。听上菜声响，盘数颇多，应不是崔希贵平日伙食。李尊吾："你中午有客？"

　　崔希贵："嘿嘿，庙里住了个娘娘。当年我带粘杆处捉你，还记得回京路上的赵家庄么？"

　　太后西逃借宿赵家庄，订了赵家姑娘给光绪皇帝做妃，许诺国难平息，皇室归京，即来迎娶。崔希贵知道赵家姑娘这辈子废了，不会有人来接她。为让赵家安心，他在赵家姑娘窗外磕了个头。

果然，他是唯一认她是妃子的人。

一九〇八年，光绪皇帝和慈禧太后二日内先后逝世，赵家姑娘来了京城，找到小庙，说："你给我磕过头，是个好人。"

崔希贵看出她有死志，说："您要追随皇上去，我不能拦，您正经是皇上妃子，我给您梳个头吧。"

他平日是粗豪武人做派，其实最爱给女人梳头。十一岁开始给慈禧太后梳头，那时的他手白细，跟女孩子似的。给赵家姑娘梳头，她似乎也很享受这份待遇。

崔希贵："李大哥，我以为梳着梳着，就把她的死念梳平了。谁承想，我梳头的女人都心狠，太后是这样，她也是这样。我一点没说动她，她不立刻死，是为给皇上守孝三年。"

守孝三年，不是三年整，是两年零一个月，到第三年。孔子死后弟子守孝三年，帝王死后，受其特殊恩惠的臣子、妃子也会守孝三年。

她的美好，以前只从太后身上感受过——她是味药。

面对李尊吾，崔希贵呜咽："太后死前，连句话都没捎给我。她再讨厌我，知道自己日子不多了，也会召我去见一面的。我是从小就伺候她呀！太后一定是被人害死的，她是来不及见我……我四处找线索，发誓为太后报仇。但赵家姑娘来了，我所有的不甘心都没了。"

侍奉着她，一日三餐按宫中规格。她要他讲光绪的故事，大事小事，都爱听，每次听完，会感叹："他是这么个人呀。还挺好的。"

今年入冬后，她表示守孝期满，可以追随先帝而去。

他讲了一个光绪怕雷喜雨的故事。光绪从小怕打雷，让太监将棉被挂窗户上。但喜欢听雨声，如是白日雨，雷声过去，他让太监打伞，送他四处走。

她问雨声有什么好听的?

崔希贵回答，宫里雨声跟外面不一样，下雨，皇宫就成了乐器编阵。琉璃瓦铺设的多重屋檐，让雨滴反复跌落。排水孔是探出的龙头造型，随眼瞥去，视线里总有上百龙头，一排排喷出的水线凝定在空中。

她说好，眼中有瞬间向往。

他把握住这一瞬，说作为光绪的妃子，起码得看一眼光绪最爱的景色，来年春天下第一场雨，他会安排她秘密进宫。她眼圈慢慢红了，点下头。

朝李尊吾笑笑，崔希贵恢复豪迈："她答应多活三个月，有这三月，我还能想不出办法?"之后转移话题，"出了大事，大清分裂开始了。"

李尊吾："知道，南方……"

"不，在北方。"

武昌起义后的第八天，外蒙古宣布独立。宣布独立的省份很多，但由于是乡绅把持，并不会真的独立，大一统是乡绅阶层的千年观念。外蒙古独立则可能成真，统治者是活佛哲布尊丹巴，这个月，他驱逐了清廷驻外蒙古大臣。

联盟蒙古贵族，是历届清帝下大功夫处。报纸说中央集权、个人独裁是帝制，其实人神合一才是帝制。清帝在汉地不神化自己，批御折用拉家常口吻，但在汉地之外，则称神。

康熙皇帝自称无量寿佛，蒙古王公以献无量寿佛像表示臣服，所献群像保留在热河行宫。获得神性地位，清帝可介入活佛转世制度。

哲布尊丹巴是活佛，第一、第二转世，降生在同一个蒙古王公家，权力过大。为分权，乾隆皇帝宣称自己是文殊菩萨化身，指定第三世哲布尊丹巴转世为藏人，成为惯例。

崔希贵："慈禧太后自称老佛爷，是观音菩萨化身，汉人闻之惊愕，其实是清室应对外蒙古的老法，只不过对汉人隐瞒。"

李尊吾："事太大，我管不了。"起身出门。

崔希贵追出："你总是一下变脸，说走就走，是看朋友来了，还是伤朋友来了？"李尊吾甩话："还有事么？"

崔希贵："嘿嘿，我教拳多年，教徒弟得有师父像、师兄弟像，我把海公公和程华安的照片凑齐了！"

李尊吾驻步，随即摇头："我眼盲，看不了。"听到骡车铃铛响，顺声追去。跟上辆车，是盲人上大街的安全之法。

去了冰窖胡同杨府。杨放心不谈武士会事宜，闲聊秦始皇创立了皇帝制，之后的汉地皇帝并不是，反而是外蒙古活佛制更接近。

"帝"字原形是祭祀上，焚烧剩下的灰堆。人间君主为王，王死后才能称帝，获得神化。秦始皇本是诸侯，凭暴力废了周王。他活人称帝，为胜过周王，显得篡位合理。从此人间与天隔绝，皇帝等于神。

汉朝延续秦始皇帝制，至汉武帝，借用孔子学说，重回王制，强调皇帝之上还有天意。唐朝大兴佛教，也是分化皇帝的神权。皇帝称号延续下来，再不是秦始皇定义。

汉地两千年无帝制，秦始皇的神权，只跟清朝边地的活佛有几分相似。

李尊吾："谈这个干吗？"

杨放心："找你来京，为谈这个。"电文里不好说，要他来京建武士会是幌子，为刺杀哲布尊丹巴。

现今，在外蒙古的华商普遍被驱逐，仅剩茶叶贸易。草原少蔬菜，断绝茶叶，难以消化肉食。做外蒙古茶叶生意的大户是山西宋家，宋家要哲布尊丹巴给一个当面承诺，才敢再发货。

杨放心谋划，李尊吾充当宋家谈判代表，北上外蒙古，择机刺杀。哲布尊丹巴也是盲人，警卫虽是蒙古一流勇士，对盲人总会少些戒备。

李尊吾："刺杀之后，如何生还？"

杨放心："……你是死士。想来想去，只有你能办成。十日后启程，知道你心里放不下仇家姐妹，你挑一位，给自己留个孩子。"啪地挨了记耳光。

"此举关系国事……"啪地又挨了记耳光。

李尊吾："我想见一面的人，只有夏东来。找他来。"

杨放心说见不上，夏东来入伍在冯国璋军队，得长官赏识，他却觉得没劲，说这辈子只对拳术感兴趣，辞职去江西寻找守洞人，说要学到真正的八卦掌。

李尊吾叹息："我死后，如他艺成回京，您提拔他。"起身行礼，"十日后清晨，我会在你家门外。"

回了西新帘子胡同六号，雇人打扫，安置床铺。夜里听着桃树哗哗风响，觉得有程华安陪着，睡了个前所未有的踏实觉。

次日，院子里来了猫，寻来了在废墟上搭棚住的老太太："宝儿呀，你喜欢人家，人家不喜欢你。快回来吧。"

她人称戴婆，从李尊吾脚前抱起猫："它这东西可贼呢，人的贵贱一下能分清。贵人，它就热乎，一般人连理都不理。"

李尊吾苦笑："我是贵人？"

"嘿，老哥哥，您笑起来真帅气，定是个场面人物。"

对这个身上散发着垃圾异味的女人有说不出的好感，李尊吾："我算什么？我老哥们程华安笑起来才真帅气。"

"是庚子年，扛大刀房上走，跳下来就劈洋鬼子的程大爷么？"

李尊吾落泪。嘿，她能说出老程，这女人我管了……

崔希贵伺候赵家姑娘用过膳，手搭手扶她出门绕庙转两圈。散步消食后，她回房午睡，崔希贵去厨房吃饭。

宫里规矩，太监宫女吃的，都先摆上主子桌，用酒精温着，主人吃完，撤下桌端到厨房吃，名义上是吃主子吃剩的。

正吃着，眼角里来条黑影，崔希贵腾身跃起，回身见李尊吾坐在桌边。崔希贵低喝："我最受不了的是你，每次都把我吓个半死。"给李尊吾上了筷子。

李尊吾却不吃："问你一事，太监怎么来钱？"

崔希贵一声长叹："小太监月金少得可怜，做腌菜腌果的副业，送到亲王贝勒王府讨赏，要不活不下去。孩子们聪明，做得比街上卖的好吃。"

李尊吾："噢，皇上抠门，王爷们补上。大太监怎么来钱？"崔希贵解释，还是王爷们的钱，各王府都在做买卖，尤其是田产和进出口，仰仗特权，稳赚不赔。哪个太监在宫里得了势，便送上股份，半年一分红。他在每个王府都占股。

李尊吾："既然你这么有钱，就多养一个人吧。"怀抱小猫的戴婆出现在厨房门口，深深行礼。

崔希贵："这……无缘无故的。"

李尊吾："她是我老妹妹。"

十日后，李尊吾到冰窖胡同，等在杨府门前。门打开，李尊吾蹙眉："这是干吗？"是淡淡脂粉香。

出门的是仇家姐妹，引李尊吾去餐厅。她俩充当用人，吃的是米粥、腌雪里蕻、玉米饼——无肉，难道今天不远行？

用餐不说话，餐后摆上茶水。杨放心："没有刺杀的事了，沙俄军队已入境外蒙古，哲布尊丹巴成傀儡，杀他没用。你别回天津了，武士会也没用了。"

宣布自治的各省为绅军结构，军人自觉服从当地乡绅领导。宋朝开始，武官受文官管束，成社会共识。起义军习惯性依附乡绅，社会不至于失控。

近日，多位军头在报纸上点评时事，水平之低，惊了读者。比如：评论外蒙古独立，揭秘哲布尊丹巴淫乱无度，患梅毒瞎了眼……

哲布尊丹巴是八岁得眼疾，十一岁失明，那时是孩子，怎么淫乱？造谣不可怕，可怕的是军人越过乡绅，独自发言。

杨放心笑道："担心乡绅变质、流氓变味，才设立武士会。没想到颠覆世道的，是军人。"指节敲击桌面，"武士会出路，是退出街面，成为袁公的一支暗兵。"

李尊吾："呵呵，变成刺客团？武士会宗旨是立新阶层新道德，所以拳师们才会跟着我……"

杨放心："我跟他们谈，他们会愿意。我是拿您当朋友，才跟您直说，刚才要是编出一套为国为民的宗旨，你怕早就答应了。"

李尊吾："……很可能。骗他们吧。"

男人密谈，仇家姐妹用人般退在厅口。李尊吾出厅，闻到香气，行礼告别。

下台阶时，全身一紧，明白了程华安遇刺时的感受。抬盲杖抵挡，唧的一声，肩窝受震。抽出杖中剑立在身前，噌的又一声响，受撞更烈，鼻腔痛如针刺，出血的先兆。

李尊吾急撤三步，后背贴上柱子，剑身轰鸣，又受一击。盲杖剑崩断，断刃青蛙般跳出。

张着白浊双目，李尊吾一副盲人特有的无助相。

来人放下兵器，抵在砖面上的音质，可判断是四斤左右重物，向厅里喊："杨先生，我的功夫您看了，可否够格做袁府暗兵？"是邝逐貉。

杨放心语音悠扬："真是猛士，袁府以师礼相聘。"

聘私人幕僚，分客道、友道、师道三等。客人要敬主，幕僚为下属，按劳取酬；朋友互助，幕僚自家商业可以搭伙上北洋集团产业，借用种种便利；受师礼的幕僚，与袁世凯家族结成世交关系，日后分享政治成果。

邝逐貉："好、好、好。"走向李尊吾，奉上一物，"您送我的，您拿回去吧。"

李尊吾握住，是沈方壶的鳞鞘剑。

"师父，我违了您意。跟着混混没前途，套出了胡三爷的虎尾鞭，就上京城寻您来了。杨先生给的是好差使，您不要的这碗饭，赏给徒弟吧？"

他到底是个有心计的孩子，藏了那么久，终于露了馅。从山村农户到内阁总理大臣的幕僚，是别人几辈子完成不了的跃升，他是不该藏了……

李尊吾："赏。"收剑，佝偻行去。

王府井东街多福巷"金针张"眼科馆，来了位盲人，治脑流青障。

22 高足

手术半月后，可开始视物，禁不住想看一眼邝逐貉。打听到，他做了袁世凯的贴身保镖。李尊吾候在皇宫东侧东华门大街，临近中午，自皇宫出来队官兵，拥辆马车，车辕挂着前两匹马、后两匹马。是内阁总理大臣袁世凯下朝。

突然从路旁茶馆二楼飞出一物，打到马车顶弹飞，炸伤七八位路人。车辕里一匹马被弹片伤了腿，马车将倒，这匹马却脱辕，猿猴般滚到路旁。剩下三匹马没了磕绊，疾驰而去。

一人冲出茶馆，往远扔炸弹，却中枪，炸弹脱手落在伤马附近，爆出片血雾。侍卫队冲入茶馆，赶来的军警封锁了大街。

李尊吾翻入附近一座民宅，顺墙落下，蹲在地上久久不动。伤马脱辕，是邝逐貉挥刀斩断缰索，横臂压低马颈，推出车辕，马摔地上，他的腿被压在马下。

第二颗炸弹响后，伤马被炸得血肉四溅……邝逐貉该是死了吧。

竟然难过。

杨放心半夜醒来，是在仇大雪房间，她睡着，如蓬荷叶。一片晦暗中，西墙梳妆台前似坐着一人。

杨放心下床，辨清是李尊吾。

"来杀我？"

"世上只有杀人一件事么？"

杨放心搬凳子，坐到李尊吾身边，望着床上女人，二人轻声慢语。

"邝逐貉死了？"

"没。在美国陆军医院。"

庚子年后，美军没按条约撤出京城，占据正对皇宫的前门，安置机枪山炮。驻军配有医院，外科手术高于普通医院。

"不会残废吧？"

"腿保住了，毁了半张脸。"

邝逐貉出院，被安置在刑部街邮电所内小套院里。一九〇七年，袁府幕僚梁士诒控制邮政系统。

伤的是左脸，左眼未盲，仍有十米清晰度，一块枫叶大暗褐色伤痕从眼睑到腮部。杨放心批了笔不小的抚慰金，邝逐貉大部分用来买酒，昼夜不停地喝光三十箱酒后，饮酒越来越痛苦，临近吞刀食火的程度。

脸上伤疤，随饮酒日深，如田里下了肥料，滋开渗去，痒痛难耐。邝逐貉把半张脸抓得鲜血淋漓，他无力出屋，也耻于出屋，会吓着人。

不知是梦中还是幻觉，见李尊吾坐在床头，说："你帮过我很多忙，善有善报，会好起来。"眨眼没了他，邝逐貉判断是幻觉，自嘲笑了，大口灌酒。

李尊吾敲杨宅大门，正式拜访。杨放心在书房接见，李尊吾："邝逐貉在寻死。"

杨放心："他是个逆徒，虽为我所用，但我心里看不上这类人，您别挂牵了，不值得。"

李尊吾："他是个乡野孩子，我没调教出来，以师道之礼聘做袁府幕僚，是他这辈子最荣耀的事了。"

杨放心："也是我这辈子最荣耀的事。炸弹案后，我在袁府失势，或许半年或许几天，会赶我走。自此，国事与我无关。"

炸弹袭击，对袁世凯只有好处。时值南北和谈，南方革命党提出的先决条件是清帝逊位，建立共和制，为君主立宪奋斗半生的袁世凯同意了。不得不说是三年前遭摄政王免职所致，令他与皇室断了恩情。

新生代满人贵族怀疑袁世凯与革命党暗中结盟，此时被刺，可撇清跟革命党的关系，重获隆裕太后信任，逊位一事可继续谈。

错在杨放心想学《三国演义》中诸葛亮的作派，搞一场将主君置于险境的豪赌。他探知革命党炸袁企图，却没有通知袁世凯，只安排邝逐貉一人救驾。

自行其事的特权，让主公先惊后喜的悬念，是评书中一位军师的荣光。小说害人，袁世凯没有惊喜，反而暗怒，觉得他把自己性命押上赌桌，是一介狂徒，不适合做袁府军师。只让他处理炸弹案，南北和谈的新信息已对他隔绝。

杨放心："摄政王下昏着失国，我下昏着失职，革命党下昏着失民心，南方起义军临时政府聘请日本政客内田良平、北一辉、犬养毅当顾问，鼓吹南北战争，彻底革命。"

李尊吾："为何南南北北都在下昏着？"

杨放心："说明这代人，都是失学的一代。张之洞大人写的《劝学篇》说对了，不是不聪明不是少血性，当今混乱，是没学问。"

近二十年学术，多是一党一派政见的伪装。张之洞看来，当世人都不学无术，如果不能在一九一〇年之前扭转风气，将延误数代。一九一〇年是张之洞在幕僚小圈子内对清朝灭亡日的预测，他死于此年前。

李尊吾："有什么西方医术，可救邝逐貉？"

杨放心："难！这人算了吧，你还有个徒弟。"

被击毙街头的刺客叫武家祯，是从三顺茶馆里出来的。茶馆里的客人都被扣下，杨放心审问，发现一人叫叶去魈。之前听仇大雪讲随李尊吾流浪经历，似乎听过此名，找她确定，真是峡右村村民。

三顺茶馆中共十人，有一名法国记者，他保释七人无罪，剩下的三人身上藏枪，当日判处死刑，埋入城西农事试验场松林，名为张先培、黄之萌、杨禹昌。受法国记者保释的七人，在三日内以别的理由捉捕，软禁在东四什锦花园。

在峡右村教了两个徒弟，邝逐貉有心机，叶去魃有天才，可惜他去武昌投父，浪费了最佳习武时段。身在武昌，做了革命党，也不稀奇。

李尊吾："你废了我一个徒弟，此人得留给我。"

杨放心："快去认人吧，我顷刻便会丧权，早一时好过晚一时。"

叶去魃已谢顶，小业主自鸣得意的眼神和谄媚笑容，李尊吾叹口气。自软禁室走到花园大门，需过两重庭院，三百七十步。士兵在五步前引路。

李尊吾："我的功夫，你都扔了？"

叶去魃："还练，隔三岔五。您这拳神了，我是越练越害怕，不敢不断日地练。没您在身边指点，怕练歪了。"

李尊吾顿生厌恶，想喊士兵押他回去，不练功人往往如此说辞。大门台阶有一米五高，出掌将他击飞。

如同一只被扔到空中的猫，叶去魃脊椎骨节拉长，躯干左右扭动，落地又急速团紧，轻柔无声。

出乎李尊吾意料，暗道：他说的是实话……还是天才。

对他的谢顶耿耿于怀。

叶去魑说是水土不服，他去日本留学一年，在武昌新军任职的老父亲争取的名额，上东京陆军士官预备学校。他学习不佳，一年后未考上正式军校，准备来年再考，接到父亲病亡的电报。回到武昌后，在湖北新军后勤部门就职，一个颇有油水的差使，是父亲死前为他争取的。

对于日本、对于武昌，他都水土不服，跟父亲相处的时间不到一个月。他笑呵呵说："有父亲，是件挺过瘾的事，一个月也够了。我那老父亲一辈子硬打硬拼，说不出什么话。他活着和看他的照片，区别不大，看他那样子，就什么都有了。"

他的怀表盖里镶着父亲照片，打开给李尊吾看，白须黑眉，满脸倔强，倒是和自己有几分相像。不知道为什么与邝逐貉相比，总是喜欢他多些，原来自己跟他父亲长得一样……

李尊吾："邝逐貉也在京城，他不太好，去看看吧？"

叶去魑："天下不好的人很多，不止他一个，我要赶回南方。"

李尊吾："你被关了这么多日子，什么都耽误了，不少这片刻。"

叶去魑："南方事急……"

李尊吾："唉！听我说说拳的时间也没有？"

叶去魑跪地，当街磕头："得师父一分功夫，已知足，此生另立了志向，不敢分心在拳术上，下辈子再向师父学艺。"

起身疾奔，甩头甩尾，正是峡右村发狂时的跑姿。

23 逊位日

　　该回天津了，向崔希贵辞行，也为见见戴婆。她照顾赵家姑娘起居，很快适应了自己的角色，隐隐然有了老宫女的威严贵气。

　　"记得你说过，凑齐了海公公和程华安照片，在哪儿？"

　　西墙壁橱雕成祠堂样式，分上下阁，海公公坐姿怪异，前脚外摆，似乎是表示"不是"的手势，海公公遗嘱要崔希贵扮作自己，让他这个绝后之人受后世香火。

　　细瞧才辨出是崔希贵，脸上化妆，改变下巴形状。下阁真是程华安，神采如当年初见。

　　程华安一生无照片，崔希贵当年听海公公提到，李尊吾师弟沈方壶跟程华安是一个脸型。听说以一人之力在西什库教堂缺口堵住义和团进攻的教士，后在宣武门教堂就职，也叫沈方壶。

　　寻去，果然是程华安的脸。崔希贵不知程华安死于他手，听说为程华安留影，沈方壶利索答应，刮去欧式胡须，换上中式衣帽。

　　不料程华安借沈方壶之形传世，沈方壶借程华安之名留形。杀人者与被杀者，如此亲近。

潜入杨宅，卧在厢床里的女人深腰高臀。是仇大雪，女人熟睡的面容，是上帝的神迹，与沈方壶那尊圣母像格外相似。

她醒来，生育过的女人，都高手般敏感。哄婴儿睡觉的煎熬，是严酷的神经训练，强过武人练功。没有受惊的反应，似乎他就该在她床前。

她："老爷在我姐房里。走廊那头。"头缩入被中，身体团紧，如床面上隆起座小坟。仇小寒房间，杨放心在酣睡，她坐在梳妆台前看《京华画事刊》，此杂志一册二十六页，半月一期，以漫画写街头逸事。

李尊吾走近，她才惊觉，眼光停在他脸上，迅速平静。男人是一生也不会成熟的物种，女人一生可自由出入于成熟与天真之间。

她："老爷还得一会儿醒，要我叫他？"

李尊吾水晶镜片后的眼合上："叫吧，大事。"

杨放心润泽如玉的脸上生出斑点，药汤般黑里透红，食用大寒大燥的补药后果。庚子年，胡同里劈洋兵，李尊吾惊讶于洋兵脸上瘩子多，分析是食肉多，体内积毒素。

杨放心："闯门破室，您是养成了习惯。"

大事是，想到了遏制军人劣化之法，也是武士会转化之路。"武昌起义是革命党渗入湖北新军,武士会也可以,以武人道德改造军队。"

杨放心:"现今的督军视军队为私产,防外人如防狼,革命党那样老乡找老乡的私交渗透法子,再无可能。"

"师出有名,以公职身份。部队总要训练,设置拳术项目,武士会便可进入。"

杨放心:"中外军队训练皆无拳术,战场上赤手肉搏的机率为零。"

"军中无拳,可做刺刀教官。"

杨放心:"刺刀术不是日式便是法式,教官都是国外受训归来。"

"宋时岳飞将军以步兵对抗金国骑兵,劣势下能战而胜之,凭的是长枪术,与刺刀大同小异,如果我能证明中式刺杀优于日式法式,武士会便可入军队编制了吧?"

杨放心沉思:"袁公创立北洋新军,宗旨是学洋要彻底,多年下来,看军队一切是洋人的,也小有不甘心,如果刺刀一项是中华本土,合他近日脾气。"

日式、法式教学,有《刺杀手册》,杨放心派人取来。细看身姿图形,知道了日、法弊端,思维上受步枪长度局限,未能找出身体最佳发力点。

杨放心给李尊吾配三名文书,昼夜赶工,完稿、刻版、印刷在五日内完成,一册在手,即去袁府。归来时,请李尊吾书房饮酒。

"昨夜，良弼被革命党炸死，他是满清新贵里最强势的保皇派，他一死，皇上很快会逊位，大清两百年江山真的完了。"落泪，毕竟是个满人。

转眼换了面容，说《刺杀手册》得到袁公首肯，中式刺刀术先入禁卫军。良弼是前任禁卫军第一协统，他一死，禁卫军可能生变故。冯国璋部调出三百人，作为刺刀示范员，随李尊吾入禁卫军，分插于各纵队，起震慑作用。

李尊吾苦笑，每次想立新道德，结果总是成为一场政治布局中的棋子。

军需部门以"检修、换新"的名义，将禁卫军的西式枪械收入库房，只剩下传统骑兵的马刀弓箭。李尊吾率三百示范兵入禁卫军营地，邝逐貉让人抬担架追上，说已戒酒三日。

担架上有一柄四尺五分、四斤四两的铁器。虎尾鞭原是这样，之前眼盲，仅听过一声杵地之音。邝逐貉："我的心机，毁了自己。如遇兵变，请让我赴死，做一次直心忠义人。"

架着水晶眼镜的鼻翼，蝴蝶翅膀般翕动。

平安无事到了二月，依赵家姑娘与崔希贵的约定，降雨即殉情，他将带她偷入皇宫，看一眼光绪皇帝最爱的景致。

过去十二日，天阴无雨。李尊吾到禁卫军一营营地，巡视刺刀操练，发现操场上的示范兵不动了，被人盯人地制住。胁迫者长腿狭面、黄褐头发，是热河行宫的守洞人。

他们不是去江西了么？

操场其余士兵开始有条不紊地撤离，喊起"保卫皇室，誓杀袁贼"的口号。一里外的二营营地尘烟四起，是战马出营。

夏东来拎皮箱，向李尊吾走来。皮箱里是嘉庆皇帝狩猎佩刀，弧度舒缓，如大雁之尾。李尊吾："守洞人当年被慈禧驱逐，怨气颇大，如今怎会为清室效命？"

国家祈雨自宋朝便归江西道首承办，在清朝被剥夺。恢复祈雨权，成为后代道首最大心愿。送上护卫道士闭关的守洞人，给行宫当警卫，是讨好清室的措施之一。

夏东来："隆裕太后把祈雨权还给了江西道首，现今南南北北都在欺负这个女人，守洞人当然要回京护驾。"正气凛然，身姿没有一处松懈。

李尊吾哀声长叹："你又是为何？"

夏东来："我的资质，在您眼中什么也不是。在江西道首眼中是人才，教我八卦掌的长老，跟海公公一个辈分，对不起，现今我跟你一个辈分。"

鳞鞘剑摆在领操台边沿。

"该叫你师弟啦？"李尊吾出击，手里是操练木枪。夏东来躲避蹿出。

返身抄鳞鞘剑，想夏东来追不上。判断失误，一线刀寒斩在背部。

几十年功底发挥，木枪钻入刀下，要将刀挑飞。再次误判，嘉庆刀斩断木枪，切入李尊吾锁骨。

李尊吾跪倒。刀入骨深刻，右臂日后再难发力。两人一跪一立，如刑场上的死犯与刽子手。

旭日东升，散发着毁灭一切的魅力。夏东来刀举过头，即要劈下。

一声长啸，上古先民之音。一人飞身上台，甩头甩尾，怀里抱一柄十三节棱角的黑铁，是邝逐貉。

他双眼凸出，一脸鬼相，向夏东来道："跟你一样，我也是他徒弟。"肩膀左右宽出，背脊风帆般展长。

夏东来持刀退开一步。邝逐貉前移，夏东来蹙眉，退半步。为气力不泄，邝逐貉断了呼吸，脖颈因憋气而青筋暴起。

夏东来又退半步。铁鞭抢出，如捕蚊的蝙蝠，以不可思议的角度敲上嘉庆刀。

"哐"，刀应声而断，邝逐貉丧力身亡。

嘉庆刀残片切进夏冬来腹部，邝逐貉尸体如张大被盖在他身上。一营禁卫军整队完毕，骑马鱼贯出营，如雷声响，与十里内其他营骑兵同声共振。

禁卫军营地原在宣武门外，紧挨城门的菜市场地带，可以最快速度入城应变，良弼离任后，便越调越远，现今距京二十六里，虽骑兵快速，毕竟有堵截空间。

隐隐起了枪声，李尊吾吐口黑血，转醒过来。分开邝、夏二人，邝已死，夏冬来腹破肠流，尚在喘息："他是个忠义弟子，死了，心痛吧？"

李尊吾老泪纵横："我是哭他，也是哭你。一日里，老天收走我两个徒弟。你，是我教的。"

天际枪声变弱，似要歇了。夏东来合上眼，已接受死亡。

李尊吾拾起鳞鞘剑："腹破肠流，不一定死人。塞回腹中，缝上伤口，二十个时辰内，如果肠子恢复蠕动，还能活。"言罢远去。

夏东来坐起身，手在地上摸索，似要拾肠还腹。

隆裕太后代表六岁皇帝溥仪颁布逊位诏书，两百七十六年的清朝宣告结束。禁卫军的兵乱，未能坚持半个时辰，即被北洋新军击溃。

24 尽心

二月十七日，京城过早来了场春雨。民间传说，是江西道首在京城天坛祈雨所致。争取了百余年的祈雨权，刚刚获得，清廷便覆灭。传说雨降，他即出京。

不知夏东来死活，或许随其离去。

十七日雨天，崔希贵带赵家姑娘潜入皇宫，观看雨景。归来，赵家姑娘开始绝食，心知她选择了自缢死法，清空肠腹，是不想死时污秽。

他每日给她梳头，陪她到最后时分。

杨放心未能恢复在袁府的地位，护宅的北洋士兵撤走。除去用人买菜买水，杨宅大门总是闭着。

李尊吾在冰窖胡同深处租了间房，窗户正对杨宅后墙，租期三个月。作为一个失势的袁府幕僚，很容易遭到保皇派报复。

满人正大规模地融入汉族，每日报纸上都有改汉姓的告示名单，密密麻麻。满清贵族多向自己的汉人佃户买姓，须重修家谱，将名字加进，才算真有了这个姓。修家谱，是宗族大事，从来是大开销。没落贵族为改姓，甚至会卖房。

可能不会出事……守仇家姐妹三个月，过后即走，算尽了心。

三个月平安过去，李尊吾心绪黯淡，也好，不用相见了。临到要走之日，又一场雨，竟受寒病倒。不喜吃药，蒙头大睡，想憋出汗来，自己好。

躺了两日，仍未发汗，饿得近死，想喝白米粥和豆腐脑。出门，才知满天星斗，无处觅食。杨宅后墙有两架竹梯搭在墙头。

顺梯翻入，墙内地面脚印凌乱，粗略一数，有二十人之多。

宅内静寂，已是灾祸之后。路面上有用人尸体，面对仇家姐妹所居的二层小楼，深吸口气，才敢入门。

仇小寒被斩杀在走廊里，小孩卧室空着，仇大雪房内无人。李尊吾扶墙才不致摔倒，不知扶了多久，恢复思维能力：杨放心是使诈作伪的谋士，这是他居住多年的祖宅，不会不经营……

敲击墙面，至仇小寒房间西墙，传出空洞回响。

果然有暗壁，里面是杨放心、仇大雪、两个孩子。暗壁就在仇小寒室内，为何她被斩在走廊？

为让家人躲藏，她舍命引开凶手……李尊吾视线模糊，似脑流青障病发，瞳孔又生白浊。

她卧在走廊里的身姿，松弛柔顺。

仇大雪惊魂未定的眼，与两个孩子一样童真。李尊吾：

"以后，你只有她了。"杨放心脸上的黑斑更多。

李尊吾："仇大鼋注解，本是诱杀清帝的骗局。有她，已很好，不要求更多。求你一事，既然你有了她，走廊里的人便归我安葬吧，保证找个好地方。"

背着她，似乎她还活着。汗渗在她身上，似乎她有了体温。随着颠簸，她的下巴在背上敲击，李尊吾几次回头，欲问何事。

十二年前背她出城的断墙得到修复，顺着城垛横行，忽然天地大亮，现出辽远南方。明朝初建京城的规划，自皇宫向南的一线是龙脉所在，不许建房不许修坟，在道理上，可以一眼望到杭州，在道理上，这一线是无人间污染的纯洁地带。

一眼的尽头，安葬了她。

转而西行。终南山是天界入口，人间尽头。

上山之路，贼风透衣，体气荡漾，格外厌恶自己。想起陶二圣的嫂子，一个被抛弃的女人如何独活？

门内有男女调笑声，两年时间不短，她找了别人？也好，也好……李尊吾迈步将去，忽然无名火起，一脚破门。

门板连着门框，一张大饼般拍在地上。床头立起个人，习武人矫健身形，叫了声："师父！"

他回来了——没有寻师，自行回家。这样的弟子，难当大用。

午夜酒醒后的沮丧，李尊吾："你老玉叔呢？"

陶二圣指向窗口挂的鸟笼，笼内无鸟。

阿克占老玉在汉口群殴时负伤落江，陶二圣顺江寻出十里，未找到尸身，发现被芦苇截住的竹竿，是老玉兵器。

竹竿碎裂，请花鸟市工匠编作鸟笼，拎回北方。

李尊吾思索很久，吩咐陶二圣："你去天津武士会，传我的口令——不再缓教精选，拳法普传。"

武士会招收了一百二十名学生，主要是从杠子房来的。杠子房是青年健身组织，玩西洋的双杠、单杠，天津每个街区都有。他们入学后，李尊吾要拳师缓教精选，真东西要拖到最后才教给少数人。

武士会不攀附其他阶层，便要自己扎根，一对对师徒是一缕缕根须，凭此存在下去。

李尊吾："我传了四徒，叛师一人、自弃一人、身死一人，算来只剩你了。你去天津，做武士会会长。"

陶二圣失色："不不，都是前辈高手，怎会服我？"

李尊吾："武人不凭武力办事，凭道统、法统、血统。武士会道统是武士道，法统是制约街头，都是我创立的，创立人享有传一代的特权，你是我徒弟，是我的血统。"

陶二圣："一代之后呢？"

李尊吾："创者传一代，是民间老法，为保证创举不遭破坏。一代之后，事态稳固，再公选新主。商会、肆场、镖局、脚行均如此，袁世凯与南方协商出的总统制也如此，是老法，老法服众。"

陶二圣："真好……上次下山，我觉得这辈子的热闹看够了，以后只想当个山民，没事晒晒太阳，累了吹吹山风。"

语调真诚，李尊吾第一次对他有了敬意。

"人各有志，我不强求。"出门，继续上山。

他会去天津的。刚才对话时，他的女人一直在听，眼光闪亮。

他下过山了，她没下过。

竹竿编的鸟笼，竹条暗红色，是阿克占老玉手汗留痕。或许，他没死，被一个船家女所救，现已改了汉姓，隐身市井。

山泉解冻，瀑布暴响，如京城除夕夜的鞭炮。李尊吾站在山顶垂瀑处，俯视木阁。女人是极易损伤的春日秧苗，一场病，一件心事，便迅速变丑。

她一人独活，已变得很丑了吧？

李尊吾野兽般汗毛竖立，木阁门开，她走了出来。

她以脚跟行路，病人般慢走，老人般晒会儿太阳。她小腹隆起，即将临产。

木阁是形意门前辈修建，用于避追兵，有做四十人饭量的高大灶台。她在一排宽阔灶窝前，选一个小窝做饭。不便下蹲，用脚将木柴拨进灶膛。

204

李尊吾自后面抱住，手摸到她腹部，硬度超乎想象。武人的抗打能力，是锻炼出肌肉间的膜。女人怀孕后，一个月之内，腹膜强壮，可以抵武人五年训练。

男人努力而获的，女人本来就有。女人以各种方式嘲讽男人，下山达两年，不会是他的孩子。

女人如候鸟，体内有大自然的布局。候鸟到了季节要远迁，女人到了季节要生育。去年一天，她如一个醉酒人，浑身难受地下山。临近集镇的一个百户小村，她给自己找了个男人。

男人是个木匠，相遇时正做工，一地白灿灿刨花。她看了，立刻喜欢上他。这种喜欢对李尊吾不曾有过，如降雪海啸，属于天地规格的运作，每滴血都参与。

怀上孩子后，又突然不喜欢他了。他上山找她，木阁隐秘，竟找到了，可想多辛苦。他到过木阁三次，背了些米来，都被她骂走。

她说孩子是天给的。"不高兴？生了头一个，我就会生了，以后给你生好多好多个。"

李尊吾："好。"

她还是老毛病，洗澡时指甲抓得狠，肩背常常抓破，洗发水流经，会成为不易愈合的小伤口。望着她背上红点，体谅了她的一切。

她每日要晒三次太阳，陪她出来时，拎着竹竿改的鸟笼。鸟笼空着，她禁止他捉鸟，说山里的鸟脾气大，关在笼里会活活气死。鸟笼里放食物，开着笼门，让鸟进进出出。

久已习惯瀑布暴响，却想为她减轻。

让山泉改道，工程十日。

李尊吾在山顶挥斧劈岩，无意下望一眼，见她午睡醒来，拎鸟笼走出木阁，身影渺小孤单。

她腹内的孩子，不管是老天所赐还是属于山下一个有名有姓的人，都跟我有极深缘分。老友总会相见，是沈方壶再来，还是邝逐貉？

抑或是自缢的赵家姑娘，葬于龙脉的仇小寒？认识的人里，已有那么多死去，如大河冰冻，草木消亡。

武士会已普传拳术，这一代人的师徒恩仇，不会再有。后世孩子看我们，会很不理解，一代代人都是茫然不识，每一代的悲剧，各自不同。

立在水中的小腿受力，水流改向，向劈裂的山岩奔去。

她放下鸟笼，望向逆光的山体，高举双手，示意自己看到了新瀑布。

恰契卡赛然依，雄鹰停留的屋顶。

多么结实的屋顶，觉得自己是那头老鹰。

后记　寻音断句　顺笔即真

　　中国的话与文是两套体系，口语是口语，文章是文章，互不干涉。文章惜字如金，一字涵盖多义，又没有标点，断句就成了学问。断不了，意不可解。多断出一个字，便两样意思了。

　　清末报刊兴盛后，普遍以白话写作，文章消亡，标点流行。其实白话文反而不需要标点，因为口语啰唆，可供识别的因素颇多。

　　一九九八年，迷上了一位陈姓先生的行文。他是旧上海一期刊的主笔，以白话文与人论战，时而刻薄时而雅致，快感充斥。初读时无察知，重读才惊觉，老先生是乱下标点的。

　　不按语法，按语气，有个重音，就断了。

　　我对文字有感觉，始于乱下标点。诗意——不是逻辑推演，是节奏，中文是韵文。先生是旧派人物，私淑于元人黄元吉，一生做继古大梦，文字是随手技。

上世纪八十年代，我是个中学生，逃课常待在玉渊潭。北岸有个整日练武的黑须老头，瞧着五十多，练枪练九节鞭，练枪气喘吁吁，练鞭会打着自己。

与他攀谈，他说年轻时参加义和团，杀洋人无数。算下时间，他该一百多了，就没敢聊下去。七八年后的一个中午，骑车在大街见到他，眼带血丝，须发皆白，背着木刀，应是练武归来。感慨，六十了吧？

蓟门桥有片树林，据说夜晚有抢劫的。九十年代，我白天逃课，会在那看书。一日，来了个骑车的白眉老头，该有六七十岁，五官近似玉渊潭老头，眼大额高，堂堂正正的好相貌。他说："你爱看书，不错！听听我的诗吧。"

他的诗是顺口溜和谜语的综合体，抑扬顿挫地念完，问："猜我写的是什么？你猜不到！"原来每首诗都隐藏一个他当红卫兵的事。按时间计算，他那时有四十多了，红卫兵是中学生，不可能带他玩的……

他见我老实听着，感动了，要把记诗的小蓝本送给我。我也感动了，说："我还不知道您的名字？"他突然警觉，说："别想知道。"骑车飞驰而去。

他还出现过一次，见我在那，立刻掉头骑走，明显受惊。

两个老头，令我在思维不发达的学生时代，觉得个人和历史是错乱的关系，人可能在任何时段都活过。

对这个幼稚的想法，在我写作日久后，渐感敬畏。人类最初的文明是钻木取火，猿人不会事先分析出——钻木就会有火，定是哪位老祖宗玩小木棍上了瘾，噗地冒了火，当场吓个半死。

从一个东西里出来意想不到的另一个东西，便是文明的历程吧？写着写着，突有身临其境之感，似乎活到别的时间里。下笔，不再是创造，而是入境。

会有一种不讲理的自信，资料和推理都虚假，顺笔而出的，即是真实。

徐皓峰

2012 年 10 月 7 日

徐皓峰

　　本名徐浩峰。1973年生。高中毕业于中央美术学院附中油画专业，大学毕业于北京电影学院导演系。现为北京电影学院导演系教师。

　　导演，作家，道教研究学者，民间武术整理者。

文学作品：

长篇小说：《国术馆》《道士下山》《大日坛城》《武士会》《大地双心》

中短篇小说集：《刀背藏身》《花园中的养蛇人》《白色游泳衣》《诗眼倦天涯》《白俄大力士》

武林实录集：《逝去的武林》《大成若缺》《武人琴音》

电影随笔集：《刀与星辰》《坐看重围》

电影作品：

《倭寇的踪迹》（导演、编剧）

《箭士柳白猿》（导演、编剧）

《一代宗师》（编剧）

《师父》（导演、编剧）

《刀背藏身》（导演、编剧）

《诗眼倦天涯》（导演、编剧）

武士会

产品经理 ｜ 来佳音　　封面设计 ｜ 张一一　　营销经理 ｜ 李欣爱

技术编辑 ｜ 陈　杰　　责任印制 ｜ 刘世乐　　出 品 人 ｜ 于　桐

图书在版编目（CIP）数据

武士会：己亥年修订版 / 徐皓峰著. -- 北京：光
明日报出版社，2021.11
ISBN 978-7-5194-6197-3

Ⅰ. ①武… Ⅱ. ①徐… Ⅲ. ①长篇小说－中国－当代
Ⅳ. ① I247.5

中国版本图书馆 CIP 数据核字（2021）第 144727 号

武士会（己亥年修订版）

WUSHI HUI（JIHAINIAN XIUDINGBAN）

著　　者：徐皓峰	
责任编辑：王　娟	产品经理：来佳音
封面设计：张一一	责任校对：傅泉泽
插　　图：方佳翻	责任印制：刘　淼

出版发行：光明日报出版社
地　　址：北京市西城区永安路 106 号，100050
电　　话：010-63169890（咨询），010-63131930（邮购）
传　　真：010-63131930
网　　址：http://book.gmw.cn
E - mail：gmrbcbs@gmw.cn
法律顾问：北京市兰台律师事务所龚柳方律师
印　　刷：北京盛通印刷股份有限公司
装　　订：北京盛通印刷股份有限公司
本书如有破损、缺页、装订错误，请与本社联系调换，电话：010-63131930

开　　本：140×200		印　张：7	
字　　数：130 千字			
版　　次：2021 年 11 月第 1 版			
印　　次：2021 年 11 月第 1 次印刷			
书　　号：ISBN 978-7-5194-6197-3			

定　　价：42.00 元